BBULMEDIA

http://www.bbulmedia.com

BBULMEDIA
http://www.bbulmedia.com

# 나인테일

# 나인테일

1판 1쇄 찍음 2011년 1월 7일
1판 1쇄 펴냄 2011년 1월 10일

지은이 | 그 펠
펴낸이 | 정 필
펴낸곳 | 도서출판 **뿔미디어**

기획 | 이주현, 한성재
편집책임 | 조주영
편집 | 장상수, 이재권, 심재영, 주종숙, 이진선
관리, 영업 | 김미영

본문, 표지 인쇄 | 광문인쇄소
제본 | 성보제책사

출판등록 | 2002년 9월 11일 (제1081-1-132호)
주소 | 부천시 원미구 상3동 533-3 아트프라자 503호 (우)420-861
전화 | 032)651-6513 / 팩스 032)651-6094
E-mail | BBULMEDIA@paran.com
홈페이지 | www.bbulmedia.com

**값 8,000원**

ISBN 978-89-6359-825-3 04810
ISBN 978-89-6359-823-9 04810 (세트)

※파본은 본사나 구입하신 서점에서 교환하여 드립니다.

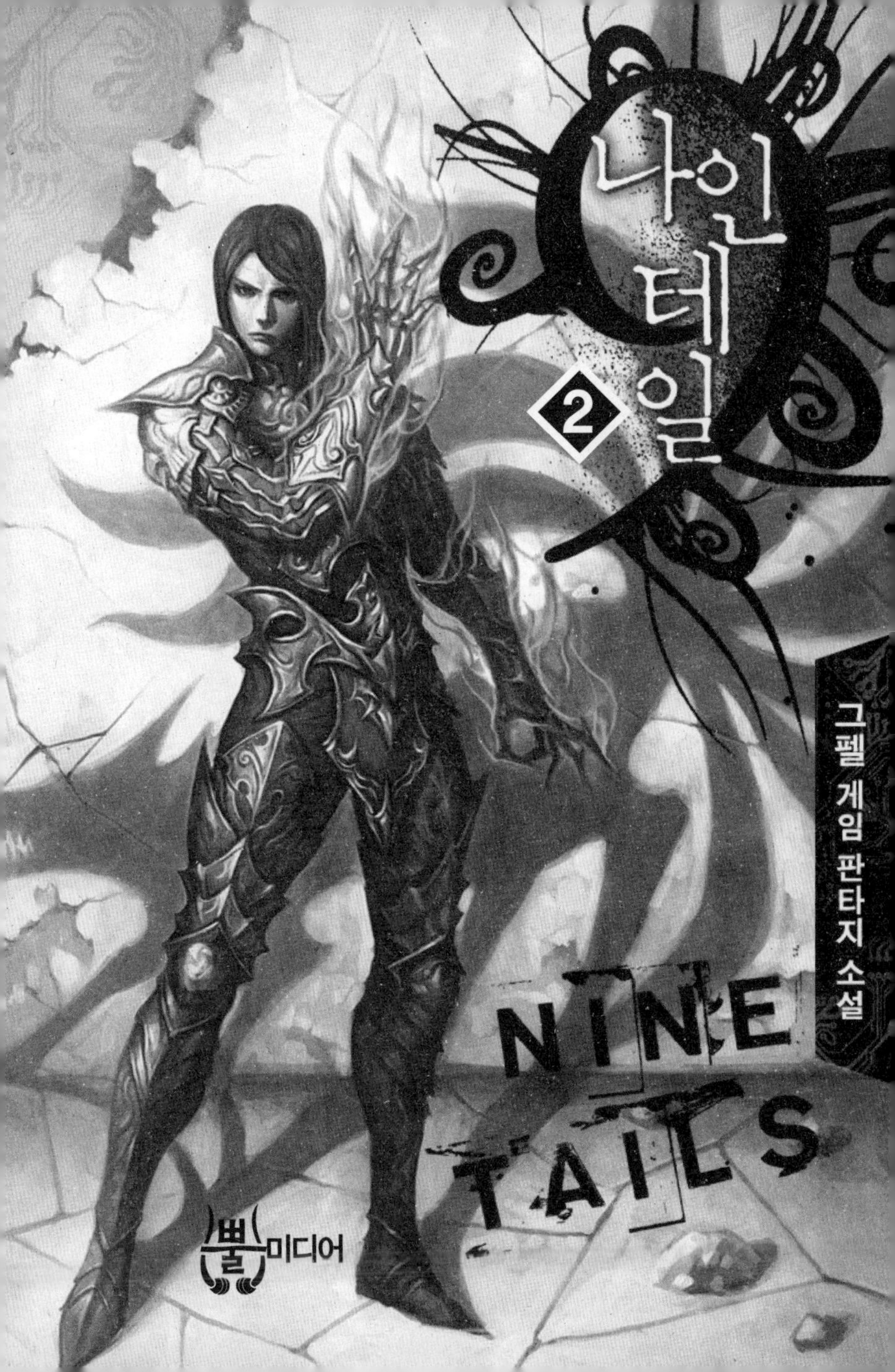
나인테일
2
그펠 게임 판타지 소설
NINE TAILS
뿔미디어

# 목차

# 제11장
# 저주받은 단검
# 노스텐

"끼에에엑! 이곳이다."

"정말 이런 곳에 너희들의 보물이 있다는 거야?"

돌고가 데려온 곳은 자그마한 동굴이었다. 하지만 여러 가지로 숨겨져 있어서 웬만해서는 쉽게 찾기 힘든, 그런 동굴이었다.

"따라와라."

"알았다."

돌고는 동굴로 들어가지 않고 입구의 오른쪽 부분을 두드렸다. 그러자 나오는 밑으로 향하는 계단. 참으로 철두철미하게 숨긴 돌고다.

'이래서 고블린들이 영악하다는 거군.'

드란은 고블린들의 잔머리에 혀를 찼다.

드란은 모르겠지만 혀를 끌끌 차는 드란 역시 잔머리 쪽으로는 대가이다.

계단으로 내려가면서도 돌고는 이리저리 동굴 부분을 두드리며 계속해서 다른 곳으로 이동했다.

'대체 비밀 공간이 몇 개야!'

두드릴 때마다 나오는 동굴의 비밀 공간에 드란은 신기하다 못해 놀라 입이 벌어지니 턱이 빠질 지경이다.

약 10곳이 넘는 비밀 공간을 왔다 갔다 하고 나자 돌고는 발걸음을 멈추었다.

"도착이다. 바로 저곳에 우리들의 보물이 있다."

"그런가?"

'참 대단하군. 얼마나 귀중한 거면, 마치 미궁과도 같은 이곳에 숨겨 놓은 건지 원.'

혀를 차며 앞으로 나아가던 드란의 눈이 휘둥그레졌다.

'이, 이게 아이템?'

드란의 앞에 놓인 것은 바로 단검이었다. 하지만 보통 단검이라면 드란이 놀랄 일도 없다.

문제는 바로 단검의 주변에서 나오는 알 수 없는 핏빛의 오오라라는 점이다.

보통 마법 아이템이어도 겉으로 이렇게 마법 효과를 낼 정도로 대단하지는 않다. 겉으로도 이펙트가 있는 물건은 유니크 이상의 물건들뿐이다.

'이런 것을 나한테 준다고?'

드란은 뒤에 있는 돌고를 바라봤다.

그에 돌고가 흠칫하더니 씨익 미소 지어 주었다.

"이봐, 돌고. 이것을 정말 나한테 준다는 거야?"

"그, 그렇다."

돌고는 긴장한 듯 더듬거리며 말했다.

평소의 드란이라면 단번에 눈치채고도 남았지만, 이미 아이템에 눈이 멀어 버린 드란은 시선과 정신을 오직 검에만 두었다.

꿀꺽.

드란이 소리를 내며 침을 삼켰다.

'이런 것을 팔면 얼마나 될까?'

드란은 아이템 거래 사이트에서 본 유니크 아이템인 레드 드레이크의 혼의 가격을 아직도 기억한다. 무려 현재 입찰 가격이 2,276만 원에 이르는 유니크 아이템의 가격.

그리고 앞에 있는 이 단검 역시 최소 레어 최상급이며, 운이 좋다면 유니크 아이템일 수도 있다.

거기까지 생각이 미친 드란은 아무런 생각을 할 필요도 없다는 듯 손을 내뻗었다.

찌르르르—!

"뭐, 뭐야!"

"끼에에에엑! 걸렸구나! 걸렸어! 크크크큭!"

"돌고, 무슨 짓을!"

단검을 집자마자 핏빛의 오오라가 드란을 집어삼킬 듯이 날뛰며 몸을 이리저리 뱀처럼 휘감아 들었다.

문제는 그것을 본 돌고가 고소를 터트렸다는 점이다.

"아까 분명 거짓은 없다고!"

아무리 고블린이라지만 거짓은 없다고 맹세까지 했던 돌고가 아니던가?

"끼에엑! 그러게 말을 잘 들었어야지! 난 거짓말을 한 적이 없어. 왜냐고? 난 아까 분명 나 돌고조차도 사용할 수 없는 물건이라고 말했다. 즉, 거짓말은 안 했다는 것이지. 크크큭! 네놈이 잡은 단검의 이름을 아느냐? 그것은 바로 저주받은 단검 노스텐이다! 주인의 피와 영혼을 모조리 빨아먹는 무서운 물건이지! 크크큭! 피와 영혼을 모조리 빨려서 단검의 힘의 한 축이 되어라! 요수여!"

"끄아아아악!"

돌고의 말대로 드란은 온몸의 피가 빠지는 나른한 느낌과 함께 영혼이 빨리는 느낌에 비명을 질러 대며 미친 듯이 몸을 떨었다.

"그럼 잘 있으라고!"

돌고는 말과 함께 비밀 공간을 벗어났다. 아마 계속 여기에 있는다면 자신도 위험하다는 것을 인지한 듯하다.

"나, 나는 지지 않는다!"

돌고가 빠져나가고 혼자 남은 드란은 최대한 정신을 집중해서 피와 영혼이 노스텐에게 빨려 가는 것을 막았다.

하지만 저주가 강한 듯 아무리 저항하려 해도 빨리는 것은 어쩔 수 없다.

드란은 몸을 바들바들 떨면서도 최대한 저항을 하며 인벤토리에서 간을 꺼내었다.

으적으적.

'난 지지 않아!'

간을 빼먹자 생명력과 요력이 회복되었다. 하지만 더 놀랄 일이 있었으니. 바로 노스텐에게 빨려진 영혼의 일부가 다시 생겨났다는 점이다.

하지만 여전히 빨리는 속도가 더 빠르니 드란은 이제 양손을 이용해서 생간을 입속에 처넣었다.

으적으적— 으적으적—

'내가 먹은 생간만 해도 천 개가 넘어간다!'

피가 덕지덕지 묻은 생간을 천 개 넘게 삼켜 본 드란이다. 이미 생간을 삼키는 것에 대해서는 마스터에 이른 드란인 것이다.

양손으로 미친 듯이 생간을 입에 처넣고 씹어 대자, 놀랄 일이 일어났다.

바로 노스텐에게 빨리는 양보다 회복되는 양이 늘어났다

는 점!

이것이 바로 인간 승리. 아니, 여우 승리인 것이다.

으적으적.

인벤토리에 있는 고블린과 오크의 간은 물론, 리자드맨 마을에서 전투를 치르면서 얻었던 리베토 일행과 라이스의 간까지 모두 삼키고 나니 드란의 눈이 돌아갔다.

'우아! 몰라! 난 할 때까지 했어. 죽이든 말든 네놈 뜻대로 해라! 저주받은 단검 노스텐!'

드란은 마음속으로 외침과 함께 기절했다.

드란이 저주받은 단검 노스텐을 쥐고 기절해 있는 동안, 신기한 일이 벌어졌다.

츄하하하학—!

바로 노스텐에게 흡수되었던 피와 영혼들이 다시금 드란에게 돌아오는 아이러니한 상황이 펼쳐진 것이다.

쉴 새 없이 몸 안으로 파고드는 피와 영혼을 받아들이는 드란의 몸이 발작이 일어난 사람처럼 떨어 대기 시작하더니, 이내 모든 것을 흡수했다.

[크크크, 재미있는 녀석이군. 좋다. 네놈을 따라가겠다.]

알 수 없는 소리가 동굴의 한곳에서 울려 퍼졌다.

"크크큭! 이제 저 녀석은 처리했고, 이제 그 고양이 년만 죽이면 되는 건가?"

드란을 노스텐의 제물로 삼은 돌고는 흐뭇한 미소를 지으며 좋아했다.

저주받은 단검 노스텐. 사실 돌고도 그 단검이 어디서 나타났고, 생겨난 것인지 모른다. 단 하나 아는 것이 있다면 그것을 쥔 자는 모두 피와 영혼이 빨린 채 미라가 되어 죽어 버린다는 점이다.

"끔찍했지. 그것을 비밀 공간에 옮기는 데에만 무려 고블린 100마리의 희생이 있었으니."

돌고는 그때 죽은 고블린 미라의 모습을 생각하기도 싫은 듯, 고개를 도리도리 저었다.

어차피 생각하기도 싫은 일이다. 지금 돌고의 머릿속에는 고양이 년을 죽이는 생각으로 가득 찼다.

---

피와 영혼의 빨려들음이 멈춤과 동시에 드란의 발작 역시 멈추어졌다.

"ㅇㅇㅇ……."

발작이 끝나자마자 정신을 차린 듯, 몸을 뒤척거리며 드란은 몸을 일으켰다.

"이, 이게 어떻게 된 거지?"

몸을 일으킨 드란은 온몸에 힘이 가득하자 어이가 없는 듯 고개를 갸웃거리더니, 몸 상태를 이리저리 살폈다.

"사, 상태창!"

캐릭터 이름: 드란 레벨: 41(Exp 2.32%)
칭호: 영혼의 구원자, 레드 자이언트 웜 슬레이어, 구원 대장
종족: 삼미호 명성: 300 악명: 200
상태: 몬스터
생명력: 1,330/1,330 요력: 1,580/1,580
만복도: 100%
힘: 137(92+45) 민첩: 215(180+35) 체력: 68
지혜: 55 지능: 105 행운: 10
보너스 스탯: 0
공격력: 84~155 방어력: 219
마법저항: 대지 계열 공격력, 내성 10%
특이 옵션: 표피 세트(레어 F) 적용 중

"스, 스탯이 올랐어?"

드란은 상태창에서 갑작스럽게 올리지도 않은 스탯들이 대폭 상승하자 어안이 벙벙했다.

그러고 보니 아까 노스텐의 공격을 버틸 때 많은 생간들과 함께 리베토 일행, 그리고 라이스의 간을 삼킨 기억이

났다.

"스킬 확인, 사미호의 길!"

**사미호의 길(초급, 패시브)**

삼미호는 구미호 일족의 시작이나 다름없습니다. 구미호는 옛날 그 힘이 하늘의 뒤엎는다고 하여, 요술에 그 어떤 종족보다 능숙했습니다. 다른 이들의 힘을 취하여 꼬리를 늘려 구미호 일족의 힘을 부활시키십시오.

〈〈영력 5,778/7,000〉〉

"……."

단번에 4천 가까이 증가된 영력 수치에 드란은 잠시 멍을 때리더니 이내 고개를 휘휘 저었다.

"으아아! 리펙터 월드! 살다 보니 네가 이렇게 행운을 주는구나!"

매번 생간의 피맛을 느끼게 해 주는 리펙터 월드를 욕하던 드란이 처음으로 리펙터 월드를 찬양했다. 사람들이 왜 리펙터 월드를 한 번 시작하면 접지 않는 이유를 확실하게 알게 되는 드란이었다.

몇 번 발광에 가깝게 난리를 치던 드란은 문뜩 오른쪽 부근에서 이질감이 느껴지자 고개를 돌렸다.

"이, 이건 노스텐?"

[크크크, 날뛰는 것이 제법 귀엽더군.]

"마, 말을 했어!"

노스텐이 말을 하자 드란의 눈이 휘둥그레졌다.

[왜? 검은 말하지 말라는 법도 있나?]

"그, 그런 건 없지만."

애초에 그런 법을 만드는 녀석은 머리가 돌아 버린 녀석이다.

[후후, 일단 내 소개를 하지. 나의 이름은 노스텐. 이 단검의 에고다.]

"에고?"

에고란 말에 드란의 머릿속이 복잡하게 움직였다.

에고.

아이템에 깃든 영혼을 뜻하는 단어로써, 장인이 혼신의 힘을 기울여서 마음을 담아 제작하거나, 어떤 사연이 있을 경우에만 생겨나는 아주 희귀한 아이템에게만 나타나는 현상이다.

"그렇다면!"

드란의 눈이 탐욕으로 물들었다.

즉 이 말은 노스텐이 에고 소드란 말.

희귀한 아이템은 바로 돈으로 연결되는 드란의 머리이다.

"아이템 확인! 저주받은 단검 노스텐!"

**저주받은 단검 노스텐(유니크 SSS(저주) —귀속)**

누가 제작을 했는지, 누가 발견을 했는지도 알 수 없는 미스터리의 단검. 주인의 피와 영혼을 빨아먹어 자신의 힘으로 만드는 저주가 서려 있으며, 에고가 깃들어져 있는 단검이다.

내구력:200/200 공격력:74~134

사용 제한:노스텐의 허락을 받은 자

옵션:힘 +20, 민첩 +30, 공격 속도 350% 스킬 블러드 실드 적용됨, 선택 —(저주)장착 시 1초마다 생명력이 100씩 감소된다 or (특수 저주) 장착 시 30초마다 영력이 2씩 감소된다.

"말도 안 돼!"

아이템을 확인하던 드란은 귀속이라는 단어와 사용 제한이라는 부분에서 절규했다.

이 말은 즉 팔 수도 없는 물건이라는 소리가 아닌가?

"더구나 이건 또 뭐야!"

노스텐의 공격력은 리자드 언월도의 몇 배에 이를 정도로 강력했지만, 문제가 있었다. 바로 장착 시 생명력이 무려 100씩 감소된다는 말.

"그러고 보니 저주에 선택이라고?"

드란은 끝까지 읽지 않은 옵션 부분을 읽자 생명력 100이 아닌 영력이 2씩 감소한다는 저주에 눈이 띄었다.

생명력이 100씩 소모된다면 생명력 1,330의 드란은 14초를 버티는 것이 한계다.

하지만 생명력이 아닌 영력을 감소시킨다면 얘기는 달라진다. 현재 드란의 영력 수치는 5,778. 이것을 30초당 2씩 소모한다고 치면 드란은 어마어마한 시간 동안 노스텐을 사용할 수 있게 된다.

다른 유저라면 20초를 넘기기도 힘든 노스텐을 드란은 엄청나게 많은 시간 동안까지 버텨 낼 수 있다는 소리이다.

"이거 완전 나를 위한 아이템 아니야?"

영력이라는 수치는 오직 구미호의 일족들만 가질 수 있는 수치이다. 지상 최강의 종족이라는 드래곤조차도 얻어낼 수 없다는 수치가 바로 영력이다.

"이건 대박이야! 대박이라고!"

미친 듯이 날뛰는 드란의 모습에 그저 노스텐의 울림만 있을 뿐이었다.

"후아, 거참 더럽게 깊숙이도 만들어 놨네."

비밀 공간을 겨우 벗어난 드란은 돌고를 욕하면서 밖으로 나왔다.

하지만 얼굴에는 웃음꽃이 떠나가지를 않았다. 당연하게도 유니크 SSS급의 아이템인 노스텐을 얻어냈으니 기쁠 수밖에 없는 노릇이다.

"하지만 날 속인 녀석을 살려 둘 수는 없지."

돌고 덕에 이 노스텐을 얻었지만, 사실상 자신이 구미호의 일족이 아니었다면 그대로 미라가 될 일이다. 그러니 드란으로서는 도저히 돌고를 용서할 생각이 없었다.

"기다려라! 돌고!"

외침과 함께 드란은 네 발로 뛰기 시작했고, 30분이라는 거리를 5분으로 단축시켜서 레아와 돌고가 있는 곳에 도착할 수 있었다.

"드, 드란 님!"

"끼, 끼에에엑! 어, 어떻게 네놈이!"

도착을 하자 보이는 장면은 아주 가관이다. 무엇보다 묶여 있는 채 이리저리 저항을 하는 레아와 칼을 든 채 막 레아를 찌르려 준비를 하는 고블린들, 그 고블린을 구경하는 돌고.

돌고는 드란이 나타난 모습에 얼이 빠진 듯한 표정을 짓더니 이내 황급히 일어섰다.

"끼에에엑—! 저, 저 녀석을 공격해라!"

"끼에엑! 돌고 님의 명을 받든다!"

"끼에엑! 받아라!"

투투투투투투—!

돌고의 명에 주변에 있던 모든 고블린들이 드란을 공격하러 가기 시작했다. 하지만 드란은 전혀 겁나지 않는다.

“처음으로 사용해 볼까? 노스텐 장착! 특수 저주로 발동!”

—저주받은 단검 노스텐의 특수 저주에 걸리셨습니다. 30초마다 2의 영력이 소모됩니다.

노스텐을 장착하자 노스텐이 가지고 있던 특유의 핏빛 오오라가 드란의 몸을 감쌌다. 노스텐에 붙어져 있는 스킬인 블러드 실드의 효과이다.

“끼, 끼에에엑! 저 녀석이 어떻게 노스텐을!”

돌고의 표정이 경악으로 물들었다. 노스텐은 저주받은 단검이기에 그 어느 누구든지 잡게 되면 미라가 될 정도로 피와 영혼이 쭉쭉 빨리게 된다. 하지만 저 녀석은 살아 돌아올 뿐만 아니라 노스텐을 소유한 채 돌아왔다.

“끼에에엑! 죽어라!”

그때 고블린 한 마리가 점프를 해서는 핏빛의 오오라로 보호를 받고 있는 드란을 향해 손을 내뻗었다.

츄하아아악—!

“끼에에에에에엑—!”

그 순간 놀라운 일이 일어났다. 공격을 가하는 동안은 영악한 미소를 짓고 있던 고블린 녀석이 공격을 하자마자 핏빛의 오오라에 빨려들더니 거머리나 모기에게 빨리기라도 하는 듯 10초도 안 되었는데 미라로 변해 버린 것이다.

[크크크! 피의 축제다!]

고블린 한 마리의 피를 마신 노스텐은 흥분이라도 한 듯, 계속해서 드란을 부추겼다.

[더 많은 피를 원해! 자, 어서 가자고!]

"흐음…… 찝찝하지만. 뭐, 어차피 우리의 적이니!"

드란은 한 손에는 리자드 언월도를, 한 손에는 노스텐을 장착한 채로 무자비하게 고블린들을 학살해 나아갔다.

"끼에에에엑!"

드란의 공격에 고블린들은 비명을 내지르며 미라로 변하기 시작했다.

드란을 공격해도 블러드 실드의 효과로 미라가 되고, 노스텐으로 공격을 받을 경우에도 미라가 되니, 고블린들로서는 미칠 지경이다.

그나마 리자드 언월도에 베인 고블린들은 운이 좋은 편이다. 미라가 되지 않고 그대로 생을 마감했으니 말이다.

"끼, 끼에엑! 저, 저리 가!"

"돌고 님을 지킨다!"

"끼에에에에엑!"

드란이 돌고에게 접근을 하려 하자 용감무쌍한 홉 고블린과 고블린 헌터들이 길을 막았다. 하지만 채 1분이라는 시간도 버티지 못하고 일반 고블린들과 똑같이 고블린 미라가 되어 버렸다.

"흐흐흐, 이제 네놈 차례라고. 돌고!"

"오, 오지 마!"

돌고가 뒷걸음질 치다가 그대로 고꾸라져 버렸다. 그리고는 덜덜 떠는 모습이 불쌍할 만도 하건만, 드란에게 용서란 없었다.

츄하아아악—!

"끄아아아아악!"

노스텐으로 돌고를 공격하자, 핏빛의 오오라가 모조리 돌고의 몸을 감싸더니 이리저리 움직이며 돌고의 피를 빨아들이기 시작했다.

"사, 살려 줘어어어……."

힘겹게 버티던 돌고는 이내 온몸이 쪼그라들며 미라로 변했다.

돌고가 거의 다 죽어 가는 모습을 본 드란의 눈이 희번덕였다.

"영웅 몬스터의 간은 어떨까? 간 섭취!"

푸욱!

"커, 커억!"

드란의 간 섭취의 일격으로 인해 끈질기게 생명을 붙들던 돌고가 생을 마감했고, 드란과 레야는 레벨 업을 했다.

과연 영웅 몬스터라는 이름답게, 무려 2레벨이나 시켜줬다. 또 그뿐인가? 노스텐에게 빨린 일반 고블린들과 홉 고블린, 그리고 고블린 헌터들을 잡은 경험치를 합산하니 그것으로도 또 1레벨 업을 했으니, 드란과 레야는 이곳에 와서 총 3레벨 업을 한 셈이다.

돌고의 간을 빼낸 드란은 우선 제일 먼저 노스텐의 장착을 해제한 후 인벤토리에 넣었다.

"괜찮으세요? 레야 님?"

"아, 고마워요."

드란은 우선 레야를 묶고 있는 끈을 잘라 내고는 일으켜 주었다.

레야는 무려 3레벨이나 업했다며 빙긋 웃었다.

"헤헤, 이게 다 드란 님 덕분이에요."

"아니 뭐, 제가 한 게 뭐가 있다고요."

"아니에요. 저였다면 돌고를 죽이지도 못했을 걸요."

빙긋 웃으며 말하는 레야의 모습은 뭇 남성들을 설레게 할 정도로 아름다웠지만, 안타깝게도 현재 드란의 모든 정신은 영웅 몬스터의 간인 돌고에게 쏠린 상태.

간을 삼키려 하는 드란을 배려하기 위해 레야는 드란의 휴대폰 번호를 알아낸 후, '내일 뵈어요.' 라는 말과 함께 로그아웃을 했다.

"후후후."

혼자 남은 드란은 음산한 웃음과 함께 돌고의 간을 바라봤다.

"영웅 몬스터의 간이라면 어떤 효과를 낼까?"

궁금하다. 영웅 몬스터는 애초에 보스 몬스터들과는 급이 다른 몬스터이다. 그러니 그 간이 가지고 있는 힘은 가히 막대할 것이다.

드란의 입이 쫙 벌려짐과 함께 돌고의 간을 삼키려 했다. 하지만 어이없게도 삼키기도 전, 새하얀 빛이 드란의 몸을 감쌌다.

"뭐, 뭐야!"

—드란 님의 접속 시간이 초과되었습니다. 앞으로 8시간 동안 접속을 못하시게 되며, 강제 로그아웃에 돌입합니다. 5, 4, 3…….

"아, 안 돼!"

돌고의 간을 막 삼키기 전, 드란은 불운하게도 강제 로그아웃을 당했다. 역시 괜히 비운의 주인공이 아니다.

"우갸갸갸갸!"

성진은 학교에서 종일 잠만 퍼 잤다. 당연하게도 게임에 하루 종일 심취하고 겨우 4시간만 자고 학교에 왔으니 피곤할 만하다.

퍽!

"으악!"

"야, 성진이. 너 요즘 완전 폐인의 모습인 거 아냐?"

몸을 푸는 성진의 등을 후려친 기택은 크크 대며 좋아했다. 그 모습에 성진의 눈이 돌아갔다.

"너, 이 자식! 마침 잘됐다! 이렇게 된 거 너 좀 패서 몸을 풀어야겠어!"

"우아악! 살려 줍쇼!"

"우와, 누구지?"

"우리 학교에 저렇게 예쁜 여학생이 있었나?"

"아이구, 멍청아. 우리 학교 교복도 안 입었는데 무슨 우리 학교 여학생이겠냐?"

"응?"

방금 전까지 기택을 죽이기 위해 살벌하게 뛰었던 성진은 반 애들이 하는 말에 고개를 돌렸고, 이내 입을 쩍 벌렸다.

"레, 레아 님?"

"어떻게 찾아오신 거예요?"

"호호, 요즘 핸드폰 추적 장치도 모르는 사람이 어디 있어요?"

"그런데 학교는 안 가신 거예요?"

성진은 학교로 찾아온 묘족인 레야를 보고는 깜짝 놀랐다. 그리고 현실 세계에서의 레야의 이름은 정예슬이었다.

예슬은 성진의 물음에 가볍게 대답했다.

"저희 학교는 오늘 개교기념일이거든요. 헤헤."

"아, 그렇군요. 그런데 이곳엔 어쩐 일로 오신 거예요?"

"아! 바로 이거예요."

성진의 물음에 예슬은 가방을 뒤적거리더니 자그마한 넷북을 꺼내 들었다.

그러고는 타타탁 치더니 이내 성진을 향해 쭈욱 내밀었다.

"이거예요. 이거."

"흐음?"

예슬이 내미는 넷북을 받아 든 성진은 넷북에 켜져 있는 화면이 리펙터 월드에 대한 홈페이지란 것을 눈치채고는 재빠르게 읽어 내렸다.

—업데이트 사항

첫 번째 —캐릭터 생성의 종족 추가.(몬스터 상태인 고블린, 리자드맨, 오크, 좀비, 스켈레톤 등의 종족들을 랜덤이 아닌 선택으로도 가능하게 변경되었습니다.)

두 번째 —투기장이 추가되었습니다. 투기장은 총 1:1과 2:2, 3:3으로 이루어져 있으며, 연속으로 승리를 하실 경우에는 얻어지는 경험치와 명성이 대폭 증가합니다.(투기장은 몬스터 상태의 유저들도 참여가 가능합니다.)

세 번째 —신대륙인 샤이아 대륙이 발견되었습니다. 그곳에는 총 6개의 왕국이 있습니다.

첫 번째 업데이트인 캐릭터 생성의 종족 추가, 바로 오직 랜덤으로만 선택이 가능했던 고블린과 오크 같은 몬스터 유저들을 선택으로 바꿀 수 있다는 점이었다.

하지만 이미 캐릭터를 랜덤으로 선택해서 일미호가 되어 버린 드란으로서는 전혀 상관없는 이야기.

드란은 첫 번째 업데이트 내용을 가볍게 넘기고는 두 번째 업데이트를 바라보았다.

"투기장이요?"

"예, 저도 어제 로그아웃하고 이거 보고 깜짝 놀랐다니까요. 4개월 지나면서까지, 업데이트 한 번 없었던 리펙터 월드에서 이런 것을 준비할 줄은 몰랐거든요. 더구나 투기장의 경우에는 몬스터 상태의 유저인 저희들도 참여가 가능해지니까 말이죠."

보통 몬스터 상태의 유저가 마을 안으로 들어갔다가 가는, 속히 말하자면 다굴을 당해 십중팔구 사망하는 것은 안 봐도 비디오이다.

하지만 이번에 업데이트된 두 번째 투기장은 달랐다. 바로 몬스터 상태인 유저들도 참여가 가능해진다는 이야기!

물론 드란의 경우에는 둔갑의 술을 사용하면 되지만, 인간의 모습으로 하면 간파 빼고는 다른 스킬을 사용할 수 없는 레아의 경우에는 치명적이다.

그리고 마지막으로 세 번째 업데이트인 샤이아 대륙의 등장.

어느 한 NPC 모험가가 발견해 낸 대륙으로 이제 많은 유저들의 사냥터가 폭 넓게 조정이 될 수도 있을 뿐더러, 6개의 왕국이 생김으로써, 후에는 전쟁 같은 이벤트가 전개될 것 같은 느낌도 든다.

"이거 제대로 광렙할 수 있겠는데요?"

대륙이 추가되었다는 소리는 그만큼 몬스터, 특히 영웅 몬스터가 늘어났다는 이야기! 영웅 몬스터는 폭 넓은 영력을 채워 준다. 그리고 그만큼 드란의 먹는 간의 숫자는 줄어든다.

생간의 먹는 숫자가 줄어든다는 소리만 들어도 드란은 기분이 좋다.

# 제12장
# 사미호

파앗!

게임에 접속한 드란에게 하나의 메시지가 들려왔다.

—업데이트가 되었습니다. 리펙터 월드의 홈페이지에서 공지 사항을 확인하시겠습니까?

"아니."

드란은 메시지를 가볍게 넘겼다. 어차피 본 것이 아니던가?

"우선 제일 급한 건, 이 녀석이다!"

드란은 강제 접속으로 인해 삼키지 못한 돌고의 간을 빼 들며 웃음을 지었다. 이 효과를 궁금해하느라 하룻밤을 지새운 드란이다.

꿀꺽.

'먹기는 싫지만, 영웅 몬스터의 간이니.'

최소한 이것을 먹으면 1천 마리 이상의 몬스터의 간을 한 번에 삼키는 셈이다. 라고 생각한 드란은 지체 없이 돌고의 간을 입속에 쑤셔 넣었다.

—띠링! 영웅 몬스터 '고블린 킹 돌고'의 간을 섭취하였습니다. 영력 +2,500. 영구적으로 힘 —5, 민첩 +20, 지능 +10, 스킬 '콜 고블린 킹 돌고'가 생성되었습니다.

—저주받은 단검 노스텐의 영향으로 인해 영혼에 손상이 입었습니다. 그로 인해 모든 영력을 받아들이지 못하게 되었습니다. 영력 —1,000.

"이런 망할!"

영웅 몬스터의 간을 삼켜서 기분이 좋아야 마땅하거늘. 드란은 결코 기쁘지 않았다. 이유는 바로 노스텐 때문이었다. 노스텐은 피와 영혼을 빨아 마시는 저주받은 단검. 그로 인해 영혼에 손상을 입어 영력 1천이 그대로 날려 버렸기 때문이다.

그에 의해 결론적으로 드란이 얻는 영력은 1,500. 슬프

기는 하지만 운이 좋았는지, 사미호의 길의 조건을 충족시킬 수는 있었다.

—띠링! 스킬 '사미호의 길'의 조건을 충족시켰습니다. 종족이 삼미호에서 사미호로 변화되며, 상태와 스킬이 변화됩니다.

"끄아아아악!"

진화에 따라 그 고통은 몇 배나 얹어지게 된다. 그것을 느끼게라도 하려는 듯, 현재 드란이 받는 고통은 막대했다.

삼미호가 될 때에는 바늘이 온몸을 찌르는 고통이었지만 사미호가 되는 고통은 온몸이 통째로 불에 타는 느낌이 들었다.

"으아아악! 뜨거워!"

하지만 날뛰기도 잠시, 이내 드란의 엉덩이뼈 부분에서 꼬리 하나가 자라나기 시작했다.

"캬르르르릉!"

구미호의 진화 때에는 매번 똑같은 방식으로 고통을 받고, 이후에는 한껏 여우의 목소리를 내지르며 꼬리가 자라났다.

"헉! 헉! 그래, 반갑다 네 번째 꼬리야."

살랑살랑—

드란은 새로 돋아난 네 번째 꼬리를 쓰다듬으며 헬쭉한 얼굴로 미소를 지었다. 하지만 그것도 잠시, 드란은 벌벌 떨며 상태창과 스킬창, 그리고 돌고의 간을 먹고서 생겨난 스킬인 콜 고블린 킹 돌고를 살펴보았다.

캐릭터 이름:드란　레벨:41(Exp 2.32%)
칭호:영혼의 구원자, 레드 자이언트 웜 슬레이어, 구원 대장
종족:사미호　명성:300　악명:200
상태:몬스터
생명력:1,830/1,830　요력:2,180/2,180
만복도:100%
힘:157(112+45)　민첩:245(210+35)　체력:83
지혜:75　지능:135　행운:10
보너스 스탯:0
공격력:95~191　방어력:230
마법저항:대지 계열 공격력, 내성 10%
특이 옵션:표피 세트(레어 F) 적용 중

**오미호의 길(초급, 패시브)**
사미호는 구미호 일족의 시작이나 다름없습니다. 구미호는 옛날 그 힘이 하늘의 뒤엎는다고 하여, 요술에 그 어떤 종족보다 능숙했습니다. 다른 이들의 힘을 취하여 꼬리를 늘려 구미

호 일족의 힘을 부활시키십시오.

〈〈영력 274/30,000〉〉

**간 섭취(중급, 액티브)**

구미호는 예로부터 다른 이들의 힘을 취하기 위해 간을 먹어 왔습니다. 간을 섭취할 경우 떨어진 생명력과 요력, 그리고 만복도를 채워 주며, 영력을 얻어낼 수가 있습니다. 또한 일정 확률로 약간의 시간 동안 간을 섭취당한 자의 중량의 힘을 얻을 수가 있습니다.

〈〈생명력과 요력 25% 회복, 영력 1~2 증가, 5%의 확률로 30분 동안 상대방의 특징을 중량 얻어낼 수 있습니다.(보스 몬스터나 특이 몬스터의 간을 섭취할 경우에는 효과가 더욱 증가합니다.)요력 소모 없음〉〉

**바람의 술(최상급, 액티브)**

구미호의 일족이라면 태어날 때부터 누구나 사용할 수 있는 기본적인 요술로서, 요력에 바람의 힘을 담아 몸속에서 방출시킬 수가 있습니다. 데미지는 그리 강력하지 않지만 적을 멀리 날려 버리는 효과가 있습니다.

〈〈한 개의 꼬리당 160의 데미지와 함께 적을 날려 버립니다. 요력 소모 200〉〉

**현신(초급, 액티브)**

구미호의 비장의 요술로, 인간의 몸에서 본신의 여우의 몸으로 변화시킵니다. 단, 오미호 이하일 때의 현신 사용 시에는 그 힘이 부족하여 체내에 쌓인 영력의 힘을 사용하며, 1분당 10의 영력을 소모합니다.

〈〈1분당 10의 영력 소모.(육미호 이상일 때에는 패널티를 받지 않음) 공격력 200% 증가, 민첩X2〉〉

**불의 술(상급, 액티브)**

구미호의 일족이 즐겨 사용하는 요술로, 요력에 불의 힘을 담아 몸속에서 방출시킬 수가 있습니다. 다른 요술들과 다르게 화(火)의 속성을 지니고 있어 파괴력이 월등히 강력하며, 높은 확률로 화상을 입히는 효과가 있습니다.

〈〈한 개의 꼬리당 350의 데미지와 함께 50%의 확률로 적에게 5초당 50의 데미지를 입히는 지속 시간 30초의 화상을 입힙니다. 요력 소모 300〉〉

**둔갑의 술(중급, 액티브)**

구미호의 일족들은 가끔씩 다른 이의 존재로 둔갑하여 살아가는 재미를 누릴 때가 있습니다. 그것을 위해 있는 요술이 바로 이 둔갑의 술입니다. 한 번 접촉한 상대의 생김새면 언제든지 변신할 수 있으며, 사용 시 상태가 중립으로 변화됩니다.

〈〈몬스터 상태를 중립 상태로 만들어 준다.(상황에 따라 다르다) 한 번 접촉한 상대라면 그것이 드래곤이라 해도 둔갑이 가능, 단 거대한 생명체로 둔갑을 할 시에는 목숨을 걸어야 할지도 모른다. 둔갑한 이의 특징을 소량 물려받을 수 있다. 요력 소모 300(둔갑할 존재의 크기에 따라 변화됨)〉〉

**번개의 술(중급, 액티브)**

구미호의 일족이 즐겨 사용하는 요술로, 요력에 뇌전의 힘을 담아 몸속에서 방출시킬 수가 있습니다. 또 상대의 몸을 짧은 시간 저리게 하여 마비시키는 전(電)의 속성을 지니고 있어 효율성이 월등하며, 높은 확률로 상대를 마비시킨다.

〈〈한 개의 꼬리당 150의 데미지와 함께 55%의 확률로 적을 5초간 마비시킵니다. 요력 소모 200〉〉

**영계 소환의 술(초급, 액티브)**

구미호의 일족은 대대로 영계와 영혼이 이어져 있는 특이한 종족입니다. 또 구미호는 자신의 힘을 빌어 영계의 정신체를 현재의 세상에 실현시킬 수 있으며, 그 위력은 꼬리가 자라날수록 강해진다. 또 영계의 정신체가 현재의 세상에서 죽어도 그것은 죽는 것이 아니라 단지 자잘한 충격을 받는 것이다.

〈〈꼬리가 늘어날수록 소환할 수 있는 영계의 정신체의 한계가 있으며, 그 위력이 강해진다. 현재 실현 가능한 영계의 정신

체: 도깨비불, 요력 소모 100〉〉

**혼약 제조(중급, 액티브)**

구미호의 일족은 영계와 친분이 돈독한 만큼 죽은 이의 힘이 응축된 생간을 이용하여 혼약을 제조할 줄 알았습니다. 생간을 이용하여 혼약을 제조할 경우 영력의 증가 효과가 사라지지만 중급에 해당하는 회복약의 효과를 낼 수 있고, 또 50%의 확률로 혼약에 사용된 생간의 주인이던 자가 주로 사용하던 능력과 특징이 40분간 증가합니다.

〈〈효과는 혼약에 사용된 생간에 따라 달라집니다. 단, 혼약 제조에 사용된 생간의 영력 증가 효과가 사라지는 건 동일합니다. 요력 소모 50(사용되는 생간에 따라 변화됨)〉〉

**흙의 술(초급, 액티브)**

구미호의 일족이 즐겨 사용하는 요술로, 요력에 흙의 힘을 담아 몸속에서 방출시킬 수가 있습니다. 토(土)의 속성을 지니고 있어서 파괴력은 그렇게 강력하지 않지만 적의 눈을 마비시킬 수도 있고, 혹은 흙을 뭉쳐 바위로 변화시켜 방패로도 사용할 수 있습니다.

〈〈흙으로 내뿜을 경우, 한 개의 꼬리당 120의 데미지와 함께 적의 눈을 10~100% 확률로 5초간 마비시킵니다. 바위로 만들어 낼 경우 한 개의 꼬리당 200의 방어력을 가지게 된다. 적에게 발포할 경우에는 요력의 소모가 3배가 되며 한 개의 꼬리당 400의 데미지를 준다. 요력 소모 200〉〉

**반격의 술(초급, 액티브)**

구미호의 일족은 요술도 즐겨 사용하지만 몸놀림도 무척이나 재빠릅니다. 적의 공격 타이밍에 맞춰 반격의 술을 발동시킬 경우, 속도가 무척이나 빨라지게 되어, 적의 공격력 100%와 자신의 힘 50%의 힘을 더해 공격을 가한다. 단 상대방의 공격을 쳐 내는 데에 실패하면 데미지는 2배로 받게 된다.

〈〈상대방의 공격을 역으로 이용하여 상대방의 공격력 100%와 자신의 공격력 50%의 데미지를 줍니다. 단, 상대방의 공격을 받아내는 데에 실패할 경우 받는 데미지는 2배가 된다. 요력 소모 20〉〉

**콜 고블린 킹 돌고**

영웅 몬스터인 고블린 킹 돌고를 현실 시간으로 1일 1회 소환 가능. 고블린 킹 돌고는 매우 영악하며, 많은 무기로 공격을 해 오는 무시무시한 고블린이다.

사미호가 되어서 등급이 오른 것들 중 둔갑의 술이 눈에 띄었다.

둔갑의 술은 삼미호가 되었을 때에도 초급을 남아 있었

던 스킬, 또한 중급이 되어서 변경된 점이라고는 단 하나였다.

'둔갑한 이의 특징을 소량 물려받을 수 있다.'

알면서도 모를 것만 같은 단어, 드란은 곰곰이 생각하다가 뭔 소리인지 몰라 결국 고개를 저으며 다른 것을 살폈다.

우선 사미호가 되면서 새로 생겨난 흙의 술과 반격의 술, 그리고 영웅 몬스터의 간을 삼킴으로 얻어진 스킬인 콜 고블린 킹 돌고. 이로써 드란은 소환해 낼 수 있는 몬스터가 자이언트 웜과 고블린 킹 돌고로 늘어났다.

더구나 신기한 것은 무엇보다도 흙의 술.

흙의 술은 여태까지의 다른 요술들과는 달리 공격의 방법이 2가지로 나뉘어졌다. 바로 흙 상태로 내뿜어 상대의 눈을 5초간 멀게 하거나, 흙을 뭉쳐서 바위로 만들어 내 공격을 하거나 방어를 할 수 있게 한다. 어찌 보면 간단한 설명이지만 잘만 활용하면 무척이나 활용적인 요술이 될 것임은 분명하다.

그리고 두 번째인 반격의 술.

반격의 술은 다른 요술들과는 다르게 마법 쪽이 아닌 신체 쪽으로 활용하는 스킬이었는데, 이걸 잘만 활용하면 드란은 앞으로 입을 데미지가 완전 사라질 수도 있을 뿐더러, 역으로 공격을 가할 수도 있었다. 물론 단점이라면 실패 확률이 있어서, 실패를 할 경우에는 데미지가 2배가 된다는 점이다.

하지만 스킬을 확인하는 내내 드란의 얼굴은 보기 좋게 일그러져 있었다.

이유는 간단하게도 오미호가 되기 위한 조건을 확인해 보았기 때문이다.

"으아아아악! 망할 리펙터 월드! 내 반드시 게임을 접고 만다!"

드란이 발광을 시작했다. 당연하게도 오미호의 길 요구 영력이 3만이라는 것을 보고서다. 간을 최소 1만 5천 개에서 최고 3만 개까지 먹어야 한다.

드란은 절대로 간 3만 개를 입속에 넣을 자신이 없었고, 그 이후의 진화는 생각조차도 하기 싫었다.

드란이 인벤토리에서 홉 고블린의 간을 빼 들었다.

노스텐에게 당한 홉 고블린의 간이어서인지 쪼글쪼글해져 있어서 분명 삼켰다가는 영력의 양이 대폭 줄어드는 것은 안 봐도 뻔한 일.

하지만 드란은 상관없었다.

"어디 한 번 궁금했었는데 펼쳐 볼까? 혼약 제조!"

중급으로 오른 혼약 제조의 소모 요력의 양은 50이다. 하지만 특이 몬스터인 홉 고블린의 간을 이용해서 혼약 제조를 외쳐서인지, 요력의 양은 그의 5배인 250이나 들어갔다.

꿈틀꿈틀—

250이나 되는 요력을 받아들인 홉 고블린의 간은 살아나기라도 하는 듯, 여러 번 모습을 변형시키더니 이내 작은 환단의 모습으로 변화되었다.

> 혼약 제조로 홉 고블린 혼약을 제조했습니다.
> 만복도를 50% 채워주고 30초에 걸쳐 800의 생명력을 회복합니다.
> 50%의 확률로 40분간 민첩 +40, 힘 —15. 스킬 광폭이 임시적으로 생겨난다. 또한, 민첩이 영구적으로 1증가합니다.

"……."

특이 몬스터의 생간으로 만들어진 혼약인 홉 고블린 혼약을 보는 드란의 눈이 동그래졌다.

보통 몬스터의 생간을 먹을 경우에는 그저 확률로만 스탯이 대폭 증가될 뿐이었지만, 특이 몬스터로 넘어가서 만들어진 혼약은 무려 스탯을 증가시켜 준다! 비록 1이라고는 하지만 후에 가서는 어떠한 영향을 끼칠지 모르는 일이다.

물론 드란의 경우에는 생간으로 먹을 경우 그 효력이 더욱 증대되겠지만, 무엇보다도 혼약은 유저에게도 팔 수 있다는 이야기!

스탯이 증가될 뿐만 아니라, 만복도와 생명력의 회복. 거기다가 50%의 확률로 40분간 민첩이 무려 40이나 증가한다. 그리고 또 하나 놀라운 것은 초급 혼약 때는 없었던 스킬의 임시적 생성이었다. 드란은 간 섭취로 얻어낸 스킬이 얼마나 효력이 강한지를 알고 있다. 요력의 소비 없이 마구잡이로 난사가 가능한 스킬. 또한 쿨타임도 무척이나 작았다.

이런 포션을 만들려면 적어도 상급에 이르는 연금술사만이 가능한 일, 더구나 그 가격은 상상을 초월할 것이 분명하다.

"대박이구나, 대박이야!"

어차피 노스텐으로 인해 쪼글쪼글해진 생간들, 드란은 모든 영력을 쏟아부어 전부 혼약으로 변화시켰다.

"이곳의 골드란 골드는 내가 전부 싹쓸이하겠다!"

드란의 양 눈에 자동적으로 골드가 그려졌다.

드란은 우선 투기장보다는 샤이아 대륙으로 가기로 마음먹었다.

이유는 간단하다. 샤이아 대륙에는 왕국이라는 것이 존재한다. 그렇다면 즉, 직위를 얻기가 가능해진다는 이야기.

그러니 공헌도형의 퀘스트가 잔뜩 있을 것은 안 봐도 뻔한 이야기이다.

하지만 그에 반해 레야의 생각은 달랐다.

"드란 님, 저는 샤이아 대륙보다는 투기장에서 전투 경력을 쌓겠어요."

그렇게 드란은 레야와 헤어졌다. 물론 다음에 투기장에 가겠다는 약속은 해 뒀다.

"그럼 이제 가 보자고."

드란은 가벼운 걸음으로 샤이아 대륙으로 향하기 시작했다.

☘

샤이아 대륙.

그곳에는 6개의 왕국이 존재한다.

하프 왕국과 차리드 왕국, 크라인 왕국과 라민 왕국, 아이저 왕국, 그리고 마지막으로 제놈 왕국.

그 6왕국의 왕들이 바라는 일은 전부 하나같이 공통적인 일이다.

"짐은 언젠가 황제로 등극할 것이다."

샤이아 대륙에는 제국이 없다. 그럼으로 6개의 왕국 중 한 나라가 제국이라고 선포했다가는 다굴로 몰매를 맞아 멸

망할 가능성이 높다.

그래서 그들은 머리를 썼다.

"하프 왕국은 차리드 왕국을 노리고 있지."

"아니야, 차리드 왕국이 아니라 크라인 왕국이 하프 왕국을 노리고 있는 거라고."

서로를 이간질하여, 전쟁을 일으키는 일. 하지만 그 어느 누가 그것에 당하겠는가?

심지어는 이런 일까지 있었다.

"너는 아이저 왕국의 병사 옷을 입고 라민 왕국으로 가서 평민들을 학살하라!"

알 수 없는 한 왕국에서 아이저 왕국의 병사 옷을 입고 라민 왕국의 평민들을 학살을 행한 일. 물론 그 병사는 잡혀서 고문을 당하다 죽었지만 진실은 말하지 않았다. 그리고 더구나 그 학살의 날로 인해 죽은 평민의 숫자만 30이 넘어간다.

라민 왕국의 평민들은 자신들을 학살한 아이저 왕국을 저주했지만 라민 왕국의 왕은 그렇게 생각하지 않았다.

자고로 6개의 왕국들의 왕은 하나같이 머리가 잘 돌아가며 약삭빠른 면이 있었다. 생각이 둔한 왕이 그 어디 있겠는가?

결국 그들은 신경전만을 벌인 채, 전쟁이 어서 터지기를 기원하고 있었다. 자신들의 권력욕을 위하여.

⁂

드란은 6개의 길에 세워져 고민에 고민을 거듭했다.

"어디로 가는 게 좋을까?"

이미 수많은 유저들이 드란의 앞으로 아무렇게나 가고 있었다. 그만큼 경쟁자가 늘어난다는 이야기.

드란의 행동이 황급해졌다.

"알게 뭐야, 캬악 퉤!"

드란이 손바닥에 침을 뱉었다.

자고로 선택을 하는 거에는 이것만 한 게 없다.

탁—

이윽고 손바닥을 치자 침이 허공을 날았다.

그리고 떨어진 곳은.

"장난해?"

각각 6개의 갈래로 떨어져 내린 침. 기적 같은 일이다.

"모르겠다. 이걸로 가자고."

드란은 4번째 길을 택했다.

이유는 간단하게도 자신이 사미호이기 때문. 인생 평범하게 살자면서, 만사를 평범하게 사는 드란이다.

드란이 앞으로 계속 나아갔지만 몬스터는 눈에 띄지 않았다. 곳곳에 피가 배여 있는 땅으로 보아 먼저 앞으로 간 유저들이 처리를 한 것이다.

생간을 얻을 수 없어진다는 점이 아쉬웠지만…… 뭐, 어떤가. 드란이 룰루랄라 하며 앞으로 계속 나아갔고 이내 왕국에 도착할 수 있었다.

"우와, 진짜 크다."

왕국의 건물들은 하나같이 드란이 있었던 마을과는 비교도 안 될 정도로 거대했다. 물론 성과 성벽 덕에 거대해 보인 것이지. 실제로 왕국 안을 살펴보면 평범한 마을들의 기능을 2~3개 정도까지만 늘려져 있는 정도이다.

드란이 성문까지 가자 경비병들이 창을 엑스 자로 교차하며 드란을 위협했다.

"이곳은 우리 아이저 왕국의 사람들만이 들어갈 수 있다. 그대는 아직 소속이 없군. 그대, 아이저 왕국에 들어오겠는가?"

'아이저 왕국이라…….'

"네, 좋아요."

어차피 어디나 상관없었다.

드란의 대답에 연신 경계를 하던 경비병의 얼굴에 눈웃음이 그려졌다.

"반갑다. 이제부터 그대는 우리 아이저 왕국의 평민이다."

—띠링! 상태창에 계급이 생겨났습니다.

**아이저 왕국의 평민**

아이저 왕국에 들어갈 수 있게 되며, 다른 왕국의 안으로는 들어갈 수 없게 됩니다. 또한, 아이저 왕국의 왕과 귀족을 제외한 모든 이들의 친밀도가 20% 상승했으며, 다른 왕국들에게는 친밀도가 80% 하락합니다. 라민 왕국과의 친밀도는 100% 하락됩니다. 아이저 왕국의 유저들을 제외한 다른 왕국의 유저들과는 자동으로 적이 되었습니다.(적에게 정보를 알려 줄 시 계급은 박탈당하며, 배신자라는 강제적 칭호와 함께, 아이저 왕국의 추적을 받게 됩니다.)

'역시 계급이라는 것이 존재했군.'

드란은 상태창을 열어 계급이 생겨났음을 확인하고는 아이저 왕국의 성문을 통해 안으로 들어섰다.

"헤헤헤!"

"너! 일로 와!"

"공헌도 파티하실 유저분들 구합니다!"

안으로 들어서자 NPC 아이들이 이리저리 뛰놀며 어르신들의 표정에 웃음이 피게 하였다.

그 모습에 드란도 웃음 짓다가 이내 제일 급한 일을 하기 위해 아무 NPC들에게나 찾아가기 시작했다.

지금 드란의 머릿속에는 하나의 생각만이 있을 뿐이다. 바로 공헌도 퀘스트!

"어머, 그러고 보니 찰프의 가죽 20개가 필요할 것 같은데."

"흐음, 그럼 혹시 찰프의 고기를 20개 정도 구해다 줄 수 있겠나?"

"찰프의 날카로운 송곳니를 20개 정도 구해다 주게."

운이 좋았는지. 드란은 3개의 연계형 퀘스트를 받을 수 있었다.

드란은 기분 좋게 찰프들이 서식하는 곳으로 재빠르게 뛰어갔지만, 그곳에는 많은 유저들이 찰프와 고전하고 있었다.

찰프는 동물형의 몬스터로 늑대와 멧돼지가 합쳐진 희귀한 모습이었다.

"크랑크랑!"

선공 몬스터였는지. 찰프 한 마리가 드란을 향해 거칠게 뛰어왔다.

"그럼 어디 싸워 볼까. 흙의 술!"

파바바박—!

"크롸아앙!"

흙의 술로 인해 생성된 흙들이 전부 찰프의 눈으로 파고

들어 가자 녀석이 고통스럽게 울부짖었지만 달려오는 것은 멈추지 않았다.

"이런!"

쾅―!

간신히 리자드 언월도를 빼 들어 막아 냈지만, 그 엄청난 돌격은 리자드 언월도의 충격을 뚫고 파고들어 왔다.

단숨에 생명력이 20%가 줄어들었다.

꿀꺽.

어쩐지 공헌도 퀘스트를 쉽게 내준다 했더니, 쉬울 리가 없는 리펙터 월드다.

"너 죽었어! 불의 술!"

화르르륵―!

거친 불이 찰프의 몸을 감싸들었지만, 녀석은 비명도 내지르지 않았다. 그만큼 가죽의 저항력이 엄청나다는 이야기.

하지만 이것이라면 다를 것이 분명하다.

"바람의 술!"

푸화아아악―!

거친 불과 거센 바람이 합쳐지자 불에 산소가 더해지며 불의 폭풍이 일었다.

"꾸웨에에엑!"

불의 폭풍이 사라지자 그곳에는 찰프가 헉헉거리며 서

있었다.

"너도 질기다 참."

"크롸아앙!"

드란의 말에 발동이라도 걸렸는지, 녀석은 한 번 더 외침과 함께 달려들었다.

드란은 녀석의 공격을 피하려다가 문뜩 하나의 요술이 생각났다.

'반격의 술!'

스킬인 반격의 술을 사용하자 드란은 민첩이 급증한 느낌이 들며 빠른 찰프의 돌진이 살짝 느리게 보여 왔다.

드란은 찰프의 입에 길게 자란 송곳니를 잡아서는 그대로 돌려 버렸다.

"꿰에에엑?!"

콰당—!

볼썽사납게 땅에 자신의 돌진을 박아 버린 찰프가 그대로 회색빛으로 물들었고, 드란은 여느 때와 같이 간 섭취로 간을 빼냈다.

이윽고 찰프가 사라진 곳에는 드란이 바라던 3종 세트인 찰프의 가죽과 고기, 그리고 날카로운 송곳니가 있었다.

"이렇게만 하면 되는 거야."

드란이 웃음과 함께 찰프들을 노려봤다.

드란이 아이저 왕국에 온 지 어느새 6일이라는 시간이 흘렀다. 그동안 드란은 공헌도 퀘스트인 찰프의 아이템들을 넘겨 대며 공헌도를 마구 올리고 있는 중이었다.

그렇게 반복된 공헌도 퀘스트를 각각 100개 정도씩, 총 300개를 깼을 때. 마침내 다른 공헌도 퀘스트가 주어졌다.

"요즘 들어 찰프 녀석들의 공격 패턴이 늘어난 듯해. 내가 보기에는 그 녀석들의 보스인 찰프스가 나타난 듯한데, 혹시 그 녀석을 처리해 줄 수 있겠는가?"

**대장장이 에펠의 부탁(공헌도 퀘스트)**

요즘 들어 찰프의 공격 패턴이 늘어난 점에 대해 에펠은 고민에 빠져 있다. 찰프의 보스 몬스터인 찰프스를 처리하여, 에펠의 고민을 해결해 주자. 참고로 찰프스는 다른 찰프들과는 다르게 몸집이 작은 편이지만 머리가 영리하며, 다른 찰프들을 조종할 수 있는 능력이 있다.

《난이도:C, 퀘스트 제한:공헌도 퀘스트 300개》

드란은 당연히 OK했다. 자신이 뭐 때문에 그 지겨운 공헌도 퀘스트를 했겠는가.

주변을 둘러보니 이제는 자신과 같이 공헌도 퀘스트를 시작한 유저들도 얼마 남지 않았다. 자고로 인간은 반복되는 일에는 지겨움을 느끼기 마련이다. 아마 그들은 새로운 던전을 찾는 데에 열중해 있을 것이 분명하다.

"크뢍크뢍!"

찰프가 드란을 발견하고는 연신 입을 다시며 돌진해 왔다.

이제는 몇 백 번도 넘게 봐 온 장면, 드란은 가볍게 반격의 술을 사용하여서 찰프를 바닥에 박고는 리자드 언월도로 거침없이 베어 댔다.

그대로 죽음을 맞이한 찰프.

드란은 간 섭취와 함께 아이템들을 챙기고는 계속 앞으로 나아갔고, 계속해서 찰프들이 공격을 해 왔다.

그렇게 약 70여 마리의 찰프를 베어 넘길 때쯤, 마침내 등장했다. 찰프보다 유난히 크기가 작아 보이는 녀석, 바로 찰프스다.

"크뢍뢍! 인간, 죽고 싶은가. 이곳에 오다니. 크뢍, 찰프들이여 녀석을 공격하라!"

"크뢍크뢍!"

찰프스의 외침에 주변에 있던 찰프 8마리가 동시에 공격을 해 오자 드란은 당황했다.

"뭐 이런 게 다 있어! 바람의 술!"

푸화아아악—!

찰프들을 멀리 날려 버린 드란이었지만, 이내 다시금 돌진해 오는 찰프들을 보며 어이가 없을 지경이다.

드란은 할 수 없이 인벤토리에 리자드 언월도 한 자루를 넣은 다음 노스텐을 빼 들었다.

"노스텐, 특수 저주로 발동."

—저주받은 단검 노스텐의 특수 저주에 걸리셨습니다. 30초마다 2의 영력이 소모됩니다.

핏빛의 오오라가 드란의 몸을 감싸들었다. 바로 블러드 실드가 자동적으로 발동된 것.

[피의 축제다!]

오랜만에 밖으로 나온 노스텐은 기분이 좋은 듯 웃어 댔다.

"크롹크롹!"

스아악—!

돌진해 오는 찰프들을 드란은 노스텐으로 가볍게 베어 넘겼다. 노스텐의 공격력은 무려 100이 넘어간다. 리자드 언월도의 몇 배에 이르는 공격력.

그러니 찰프들은 어이없게 생을 마감하기 바빴다.

"어, 어떻게 된 거지?!"

찰프스는 찰프들이 허무하게 당하자 당황이라도 했는지 발을 뒤로 점점 돌리더니 달아나기 시작했다.

"야, 야. 이 개 같은!"

드란 역시 찰프스를 쫓기 위해 뛰기 시작했다. 그리고 그와 동시에 두 손이 앞으로 내려지며 네 발의 자세가 자동적으로 취해졌고, 드란의 속도는 가중되었다.

"으아악! 쫓아오지 마! 찰프들아! 나를 구하라! 크룽!"

"크룽크룽!"

찰프스가 도망가며 소리치자 주변의 찰프들이 찰프스를 구하기 위해 미친 듯이 달려들기 시작했다.

하지만 드란에게는 노스텐의 제물로밖에 보이지 않는다.

찰프들을 베어 넘기며 그대로 찰프스를 쫓아가는 드란, 물론 속으로는 반드시 돌아와서 간 섭취와 함께 아이템 수거를 생각하고 있었다.

"너 일로 안 와?!"

"크룽! 살려 달라! 제발 살려 달라!"

구석에 몰린 찰프스가 드란에게 넙죽 엎드려 빌어 댔지만 드란이 봐줄 리 만무하다.

우선 드란은 노스텐의 장착을 해제했다. 찰프스 같은 보스 몬스터급은 절대로 노스텐으로 죽여선 안 된다.

'영력이 얼마인데.'

"자, 그럼 이리로 오라고. 이 아저씨가 아주 고통 없이 처리해 줄게."

"제발! 살려 달라! 크룽! 나, 날 살려 주면 좋은 정보를 주도록 하겠다. 어떤가?"

"응? 정보?"

만약 징그럽게 생긴 찰프가 이렇게 말해 댔으면 드란은 생각할 가치도 없이 베어 넘겼을 것이다. 하지만 찰프의 새끼같이 생겨서는 제법 꼬마 돼지같이 귀엽게 생긴 찰프스가 그렇게 말하자 드란은 일단 찰프스의 말을 들어 보기로 했다.

찰프스는 안심을 하며 드란에게 맹세를 듣기 위해서인지 하나의 규칙을 내세웠다.

"만약 정보를 받고 나를 죽이면 너는 큰 벌을 받게 될 거야."

꼬마 돼지가 사악한 표정을 짓고 말해 봤자 귀여울 뿐이다.

이윽고 찰프스가 어느 지역에 가서는 땅을 파자 그곳에는 작은 문서가 묻혀 있었다.

"이거다, 크랑."

드란이 문서를 집어 들자 알림음이 귓속을 파고들어 왔다.

—띠링! 대장장이 에펠의 부탁이 새롭게 갱신되었습니다.

**제놈 왕국의 속셈(공헌도 비밀 퀘스트)**

아이저 왕국은 라민 왕국과 사이가 좋지 않습니다. 이유는 간단하게도 옛날 아이저 왕국의 병사 한 명이 라민 왕국의 평민들을 학살한 일 때문.

하지만 지금 그 비밀이 밝혀졌습니다. 제놈 왕국의 비리를 파헤치기 위하여, 이 문서를 아이저 왕국의 기사단장 지란에게 가져다주십시오.

〈〈난이도:C+, 퀘스트 제한:찰프스의 말을 들은 자〉〉

"대박이다!"

드란은 문서를 인벤토리 안에 집어넣고는 찰프스를 바라봤다.

"뭐, 뭐야?"

찰프스는 부들부들 떨었다. 찰프스는 문서가 있는 곳으로 오면서 드란이 해 오는 것을 지켜보았다. 바로 죽어 가는 찰프들의 배에 손을 집어넣어 그대로 생간을 끄집어낸 것. 그것을 생각하자니 온몸에 절로 오한이 들었다. 거기다가 자신은 영리하기만 할 뿐, 전투 능력은 찰프들에 비해 떨어진다. 자신을 죽이면 벌이 내린다고는 했지만 죽음을 당하면 자신은 끝이다.

'배딴지가 따이는 돼지가 되기는 싫어!'

찰프스의 눈이 두려움으로 점점 물들기 시작할 때, 드란이 찰프스를 안아 들었다.

"귀여운 녀석! 고맙다! 여기 이건 선물이다."

드란은 기분 좋은 나머지 고블린 헌터의 혼약 1개를 찰프스에게 건네주었다. 참고로 말하자면 고블린 헌터의 혼약은 홉 고블린의 혼약 효과와 똑같은 편이다.

찰프스는 혼약을 받아든 채 멀뚱멀뚱 있다가 드란의 얼굴을 쳐다보았다.

"비상시에 먹도록 해. 그럼 난 가 볼게, 잘 있어."

드란이 뒤로 돌아가는 모습을 찰프스는 멍하니 바라봤다. 그리고 주변의 찰프들에게 하나의 절대적인 명령을 내렸다.

"저자는 다음부터 공격하지 마라."

⁂

드란은 기사단장인 지란에게 찾아가 문서를 전했고, 이내 문서를 읽은 지란의 눈이 동그래졌다.

"저, 정말인가? 우리 아이저 왕국이 라민 왕국에게 했다는 비리가 사실이 아니란 말이지?"

"그렇습니다."

"오오, 자네는 영웅일세. 그럼 잠시만 여기 기다리게나."

지란의 말과 함께 퀘스트 완료 알림음이 울려 퍼졌다.

제놈 왕국의 속셈 퀘스트가 완료됐습니다.
당신은 아이저 왕국과 라민 왕국의 비리가 밝혀지는 문서를 찾아내셨습니다.
비밀을 밝혀내신 당신에게 공헌도가 주어집니다.
〈〈공헌도 +1,000〉〉

—띠링! 많은 공헌도를 얻었기에 계급이 올랐습니다. '아이저 왕국의 기사'. 당신은 수많은 공헌도와 라민 왕국과의 비리를 밝혔기에 준귀족에 해당하는 기사가 되었습니다. 기사가 될 경우 한 달에 한 번 10골드를 지급 받습니다. 아이저 왕국의 상점에서 10% 할인된 가격에 구매할 수 있습니다. 아이저 왕국에 들어갈 수 있게 되며, 다른 왕국의 안으로는 들어갈 수 없게 됩니다. 또한, 아이저 왕국의 왕과 귀족을 제외한 모든 이들의 친밀도가 20% 상승했으며, 다른 왕국들에게는 친밀도가 80% 하락합니다. 라민 왕국과의 친밀도는 100% 하락됩니다. 아이저 왕국의 유저들을 제외한 다른 왕국의 유저들과는 자동으로 적이 되었습니다.(적에게 정보를 알려 줄 시 계급은 박탈당하며, 배신자라는 강제적 칭호와 함께 아이저 왕국의 추적을 받게 됩니다.)

"기, 기사라니!"

계급이 기사가 되자 드란은 덩실덩실 춤을 추고 싶었지만 주변의 수많은 NPC들과 유저들의 눈 때문에 체면상 가만히 있었다.

그렇게 어느 정도 멍하니 서 있자 한 기사가 나오더니 드란을 이끌었다.

"이리로 오시지요."

드란이 아이저 왕국의 성으로 들어서자 많은 유저들이 눈이 동그래졌다.

당연하게도 그들로서는 성에 들어가는 유저는 처음 보기 때문이다.

성에 들어가는 것은 공헌도가 무지막지하게 높아야 한다. 소문으로는 남작이 되어야 겨우 들어갈 수 있을 정도이니 말이다. 사실 기사인 드란도 들어갈 수는 없지만 라민 왕국의 비리를 해결하는 문서를 넘겼기에 성으로 들어갈 수가 있었다.

성안으로 들어가서 어느 정도 걷자 기사가 멈춰 서며 문을 열었다.

문을 열고 들어간 곳에는 10여 명의 귀티 흐르는 귀족들과 기사단장 지란, 그리고 마지막으로 가운데에는 온화한 표정의 남자가 부드럽게 미소 짓고 있었다.

우선 제일 먼저 가운데에 있던 자가 입을 열었다.

"반갑소. 그대가 우리들의 죄를 밝힌 자이오?"

"그렇습니다."

드란은 그와 대화를 나누자 나오는 글자에 손을 벌벌 떨고 있었다.

가운데에 있던 자의 이름은 바로 '아이저의 왕 슈벨', 바로 아이저 왕국의 왕이라는 소리가 아닌가!

왕을 회의를 제외한 채 자유롭게 만나려면 적어도 후작 이상의 계급이여야 한다. 그걸 겨우 기사인 드란이 보는 것이다.

드란의 말이 끝나자 왼쪽에 있던 귀족들 중 한 명이 일어서며 소리쳤다.

"역시! 제놈 왕국! 그자들이 꾸민 일이오! 살을 벗겨 죽여도 모자랄 놈들!"

"진정하시오, 알트 백작. 나도 화가 난다네. 으득."

"앞에서는 착한 척만 하던 제놈 왕국의 왕 리차브. 역시 뒤에서는 그딴 일을 꾸미고 있었군. 내 결코 그자를 용서치 않으리라."

"모두들 진정하시게. 자, 그럼 그대여. 미안하지만 하나의 부탁을 해도 되겠는가?"

"왕의 부탁이시라면."

슈벨의 말을 끝으로 드란의 귓속에 알림음이 울려 퍼

졌다.

**라민 왕국과의 화해(공헌도 비밀 퀘스트)**
라민 왕국과 화해를 위해 제놈 왕국의 비밀문서를 건네어 주자. 라민 왕국과 아이저 왕국은 샤이아 대륙에서 전대미문의 첫 번째로 동맹 국가가 될 것이다.
〈〈난이도:B++, 퀘스트 제한:제놈 왕국의 속셈을 완료한 자〉〉

퀘스트를 받자 드란에게로 기사단장 지란이 다가왔다.
"이것을 받게, 슈벨 왕께서 자네에게 주는 선물이네."
지란이 내미는 아이템은 검이었다.
공짜 아이템을 드란이 거부할 리 만무하다.
드란이 검을 받아 들며 미소 지었다.

# 제13장
# 라민 왕국

드란은 왕성을 나오자마자 제일 먼저 아까 받은 검을 빼 들었다.

"흐흐, 과연 얼마나 효과가 좋을까."

사실 슬슬 리자드 언월도를 바꿔야 할 때가 왔다고 생각한 드란이다. 드란은 검을 빼 들고 그대로 아이템 확인을 말했다.

**크로커다일 소드(레어 S)**

검을 모으는 취미가 있는 기사단장 지란의 컬렉션 중 하나인 검. 악어의 단단한 이빨로 만들어졌다고 소문이 나 있는 검으로, 무게가 제법 나가는 편이지만 그 힘과 날카로움은 바위를

> 부술 정도로 엄청나다.
>
> 내구력:110/110　공격력:36~51
>
> 사용 제한:레벨 40 이상
>
> 옵션:힘 +20, 민첩 +5, 공격 속도 15%

리자드 언월도 왼쪽을 빼고, 드란은 크로커다일 소드를 장착했다. 비록 다른 검이 하나 더 없어서 오른쪽에는 리자드 언월도를 차고 있는 입장이지만, 비상시에는 노스텐을 장착함으로 상관없었다.

드란은 아이저 왕국을 나가고 라민 왕국을 향해 걸어가기 시작했다.

진실을 밝히기 위해서.

⁂

"망할 아이저 왕국 녀석들."

라민 왕국의 경비병인 자논은 연신 툴툴댔다.

자논은 아이저 왕국을 싫어했다. 당연하게도 그들로 인해 자논은 가족 중에 하나인 막내를 잃었다. 그리고 그로 인해 평민이었던 자논은 경비병에 입대했고, 힘을 길렀다. 아이저 왕국에 복수를 하기 위해서.

그때의 슬픔을 생각하자니 아이저 왕국의 이들을 씹어

삼켜도 모자랄 일이지만 아직 자신은 힘이 부족하기에 성문을 지키는 경비병이 겨우였다.

저벅저벅—

툴툴대던 자논은 이곳으로 다가오는 이를 보고는 눈을 부릅떴다.

"아이저 왕국의 기사! 적이다! 적이 나타났다. 이놈! 거기 서라!"

자논이 외침과 함께 아이저 왕국의 기사란 자에게 달려들기 시작했다.

한편 그 모습을 그대로 지켜보는 본인인 드란은 자세를 낮추고 손을 이리저리 흔들었다.

"자, 잠시만 기다려 주세요!"

"닥쳐라!"

후웅—

자논의 휘두르는 창을 피해 낸 드란은 몸을 날리며 연신 기다려 달라고 소리쳤지만 들어줄 리 만무하다.

"자렌의 복수!"

후웅— 후웅—

계속되는 자논의 공격에 드란은 마음에 들지는 않았지만 마지막 수단을 사용했다.

"반격의 술!"

팡—!

휘둘러지는 자논의 창대를 잡은 드란이 창대를 옆으로 돌리면서 꺾자 자논이 비명을 지르며 바닥에 고꾸라졌다.

"이놈! 역시 적이구나!"

"……."

바닥에 고꾸라진 채 자논이 계속해서 떠들자 드란은 어이가 없었다.

"이봐요. 제가 분명 기다려 달라……."

"닥쳐라! 우리의 숙적! 죽음을 면치 못할 것이다!"

전혀 말이 통하지 않자 이마에 혈관 마크가 새겨진 드란은 그대로 자논의 목덜미를 잡아채서는 강아지처럼 질질 끌고 갔다.

이내 라민 왕국의 성문에 서자 알림음을 통해 들어갈 수 없음을 알리는 안내가 들렸지만, 드란은 상관없다. 들어갈 수 없으면 부르면 된다.

"라민 왕국의 왕이여! 진실을 밝히러 왔다. 문을 열어 달라!"

"웃기는군. 아이저 왕국의 사람을 우리가 믿을 성싶으냐? 이거나 먹어라!"

휘익—!

드란의 외침에 성안에 있던 라민 왕국의 경비병들은 대답으로 화살을 날렸다.

할 수 없지라는 생각과 함께 드란은 고개를 저으며 인벤토리에서 문서를 빼 들고는 라민 왕국의 안으로 집어던졌다.

"라민 왕국과의 비리는 우리 아이저 왕국의 짓이 아니다. 이것을 보아라!"

툭—

자신의 앞으로 떨어진 문서를 보며 라민 왕국의 병사 중 한 명은 멀뚱멀뚱 있다가 이내 문서를 집어 들고는 펼쳐서 읽기 시작하더니, 눈이 왕방울만 해졌다.

"겨, 경비병 대장님! 이것을 보아 주십시오!"

한마디 말과 함께 경비병이 뛰어 들어갔고 이내 약간의 시간이 흐르자 굳게 닫혀 있던 라민 왕국의 성문이 열렸다.

그리고 그와 함께 라민 왕국의 입장이 가능해졌다는 알림음이 울려 퍼지자 드란은 '암 이래야지.' 라는 생각과 함께 당당하게 걸어 들어갔다.

제일 먼저 들어간 드란의 눈에 경비병 대장으로 보이는 듯한 자가 걸어와서는 드란에게 고개를 숙였다.

"제대로 생각하지 않고 공격한 점, 사과드립니다. 상황이 상황이었던지라. 정말로 죄송합니다."

"아니요. 괜찮습니다. 아, 그리고 이분도."

"……."

드란은 오른손으로 들고 있던 물건(?)인 자논을 건넸다.

한편 자논은 어리둥절한 표정으로 멍하니 있을 뿐이다. 적이라며 공격을 했던 아이저 왕국의 기사가 분명한데, 경비병 대장인 파그가 고개를 숙이는 모습에 어이가 없어 말이 나오질 않았다.

"그럼 일단, 따라오시지요. 이 상황을 알려야 하니."

자논을 경비대에 반납(?)을 한 드란은 경비병 대장인 파그의 말에 그를 따라가기 시작했다. 분명 기사단장이나 귀족, 어쩌면 왕에게 데려다 줄 일이 분명하니 말이다.

한편 파그를 따라가는 드란의 모습을 신기하게 보는 이들이 몇몇 있었으니.

"우와, 저 유저. 아이저 왕국의 사람인데 어떻게 라민 왕국에 온 거지?"

"그나저나 아까 시끌벅적하고 성문이 닫혔다가 열렸던데, 혹시 저 사람 때문인 건가?"

"계급 높은 것들은 다 죽어야 돼."

수많은 유저들이 웅성거렸지만 드란은 가볍게 무시했다. 그들은 그들이고 자신은 자신이다. 더구나 둔갑의 술로 모습이 변형되어 있으니, 들켜 봤자다.

그렇게 유저들의 시끄러운 웅성거림을 들으며 10여 분쯤 걷자 왕성에 도착했고, 파그는 그곳에 서 있던 기사에게 뭐라고 속닥이자 기사의 눈도 왕방울만큼 커지더니 왕성 안으로 냅다 들어갔다.

그리고 후에 왕성에서 나오는 노련한 생김새의 기사, 머리 위에 뜬 기사단장 체롬이라고 적힌 것을 보자마자 드란은 짙은 웃음을 지었다.

"반갑습니다. 저는 이곳 라민 왕국의 기사단장인 체롬이라 합니다. 저, 이 문서를 가져오신 분이 당신이라고 들었습니다만?"

"그렇습니다. 바로 아이저 왕국이 라민 왕국에게 했던 짓이 조작된 것을 알리는 글이지요."

"그렇군요……."

"그럼 이 비리의 정체를 왕에게 알려 주시고, 전 이만 가 보겠습니다."

"잠시만 기다려 보십시오!"

체롬은 드란을 잡더니 이리저리 설명을 해 댔다. 물론 드란도 예상했던 결과이다.

바로 라민 왕국의 왕이 자신을 보자는 일, 분명 자신에게 포상을 내린다는 결과는 안 봐도 뻔한 일이다.

드란은 이내 체롬의 뒤를 졸졸 따라가서는 한 거대한 방에 들어설 수 있었다.

'무슨 거인족도 아니고.'

보통이라면 장식된 것을 보며 입을 벌릴 일이지만 드란이 보기에는 그저 돈 낭비였다.

여하튼간에 안에 들어가자 보이는 것은 아이저 왕국의

슈벨 왕보다는 좀 뚱뚱하지만, 눈빛이 날카로워 보이는 것이 예사롭지 않은 왕이었다.

"그대가 이 문서를 가져온 자인가?"

"아이저 왕국의 기사 드란, 제가 가져왔습니다. 라민 왕국의 왕이시여."

역시나 대화를 하자 라민 왕국의 왕의 머리 위에서 이름이 떠올랐다. 라민 왕국의 왕의 이름은 아이븐.

드란의 대답에 아이븐이 부드러운 미소를 지었다. 물론 날카로워 보이는 눈빛 덕에 얼핏 보면 째려보는 느낌도 있었지만 말이다.

"그대는 우리의 영웅이요. 그 사건 때문에 우리 라민 왕국과 아이저 왕국의 사이가 얼마나 틀어졌었는지는 알 것이오. 하지만 난 알았지. 결코 아이저 왕국의 짓이 아니라는 것을. 왜냐하면 슈벨 왕의 성격은 나도 잘 알기 때문이지. 그나저나 그렇다면 이 짓은 전부 제놈 왕국이 했다는 말이 사실인가?"

"그렇습니다."

드란의 대답을 들은 아이븐의 부드러운 미소가 풀리더니 이내 악귀 같은 얼굴로 변했다.

"내 반드시, 나의 백성을 시해한 것도 모자라 아이저 왕국에게 죄를 떠넘긴 제놈 왕국, 이들을 용서치 않겠다! 나 지금 이곳에서 맹세하니. 아이저 왕국과 영원한 동맹을 맺기를 원하며, 제놈 왕국은 결코 용서치 않겠느니라."

아이븐의 맹세와도 같은 목소리가 울려 퍼지자 드란의 귓가에도 알림음이 울려 퍼졌다.

> 라민 왕국과의 화해 퀘스트가 완료됐습니다.
> 라민 왕국의 왕 아이븐이 아이저 왕국과 영원한 동맹을 맺었습니다. 이것은 샤이아 대륙에서도 전대미문의 일. 이로써 다른 왕국들이 들썩일 것입니다. 또한, 아이븐 왕은 아이저 왕국과 힘을 합쳐 제놈 왕국을 제거하려고 마음먹고 있습니다.
> 비밀을 밝혀내신 당신에게 공헌도가 주어집니다.
> 〈〈공헌도 +3,000〉〉

—띠링! 많은 공헌도를 얻었기에 계급이 올랐습니다. '아이저 왕국의 남작'. 라민 왕국과의 동맹을 채결했기에 그에 따른 공헌도가 대폭 상승하였습니다. 그리고 그에 준하여 귀족인 남작이 되었습니다. 남작이 될 경우 한 달에 한 번 100골드를 지급 받습니다. 아이저 왕국의 상점에서 30% 할인된 가격에 구매할 수 있습니다. 사병을 둘 수 있게 되었으며, 집을 구매하실 수 있습니다. 귀족이 되었기에 남작을 뜻하는 귀족의 반지를 아이저 왕국의 왕 슈벨에게 받도록 하세요. 아이저 왕국과 라민 왕국에 들어갈 수 있게 되며, 다른 왕국의 안으로는 들어갈 수 없게 됩니다.

또한, 아이저 왕국과 라민 왕국의 왕과 귀족을 제외한 모든 이들의 친밀도가 30% 상승했으며, 다른 왕국들에게는 친밀도가 80% 하락합니다. 아이저 왕국과 라민 왕국의 유저들을 제외한 다른 왕국의 유저들과는 자동으로 적이 되었습니다.(적에게 정보를 알려 줄 시 계급은 박탈당하며, 배신자라는 강제적 칭호와 함께 아이저 왕국의 추적을 받게 됩니다.)

"이거 대박인데?"

기사에서 단숨에 남작이 되어 버린 드란의 말이었다.

❖

"헤헤, 고놈 참 예쁘기도 하구나."

드란은 손에 낀 에메랄드가 박힌 초록빛 반지를 보며 연신 미소를 지우지 않았다.

반지의 정체는 이러하다.

**귀족의 반지(남작)(특수 D)**

커다란 에메랄드가 박힌 귀족의 반지. 에메랄드는 남작을 뜻하며, 평민의 백성들에게 막대한 영향을 끼친다.

내구력:100/100 방어력:5

사용 제한: 남작

옵션: 지능 +5, 평민들에게 명령을 내릴 수 있다.(단, 불가능한 명령도 있다.)

아이저 왕국에 오자마자 슈벨 왕에게 받은 반지로, 방어력 5와 지능이 5나 증가하고, 또 무엇보다 평민들에게 명령을 내릴 수가 있어졌다. 물론 자살을 하라든지, 사람을 죽이라든지, 혹은 퀘스트를 억지로 깬 걸로 해 달라든지의 부탁은 결코 안 되지만 말이다.

헤헤 웃으며 걷고 있었는 드란의 목적지는 이러하다.

"아이고, 남작님 아니십니까?"

"이곳에 내가 살 만한 집이 있겠는가?"

"당연히 있고말고요. 자, 한 번 보시지요."

바로 집을 구매하려는 일! 자고로 귀족에게 집이란 필수인 물품이다. 하지만 그것은 집 가격의 프로필을 보고는 그대로 무너져 내렸다.

집 가격

—500골드.

—2,000골드.

—8,000골드.

—1만…….

…….

"……."

"헤헤, 어떻습니까? 남작님에게 어울리는 집은 이것입니다."

NPC녀석이 1만 골드짜리 집을 보여 주며 아주 대단한 집이라고 입에 침을 튀겨 가며 자랑질을 해 댔다. 물론 자신이 보기에도 엄청나게 멋들어지고 화려한 집이다. 하지만 문제는 가격이다.

"남작님이시니까 제가 특별히 7,000골드에 모시지요. 어떠신가요?"

드란은 하마터면 NPC의 얼굴에 죽빵을 날릴 뻔했다. 7,000골드가 어느 뉘 집 개 이름이던가? 현재 자신의 전 재산은 300골드가 넘어갔지만 7,000골드는 저 하늘의 별 이름이다.

한편 NPC는 드란이 가만히 멀뚱멀뚱 서 있자 다시금 말을 붙였다.

"저기요? 남작님?"

"허험, 잠시만 나갔다 오겠네."

못 사겠다고 나가는 건 왠지 남작 삘이 나지 않는다. 결국 잠시만 나갔다온다는 말과 함께 드란은 밖으로 나갔다. 물론 잠깐 나갔다 온다는 게 시간으로 얼마나 걸릴지는 모르는 일이다.

드란은 밖으로 나오자마자 머리를 쥐어뜯었다.

"장난 하냐? 7,000골드? 그럼 현 돈으로 7,000만 원? 무슨 집 가격이 한 채에 그따위야!"

툴툴대며 머리를 쥐어뜯던 드란은 이내 조금 안정을 찾은 듯 마음을 가라앉혔다.

어차피 이렇게 된 거, 돈이라도 벌겠다는 심정이다.

현재 자신에게는 아이템이 하나 있다. 막대한 부를 가져와 줄 아이템이 말이다.

드란은 머리가 좋다.

"이봐, 들. 똑바로 못하나?"

드란의 말에 평민 5명이 분주하게 움직였다. 바로 좌판을 까는 일! 드란은 귀족으로 된 것으로 인해 평민을 부릴 수 있게 되는 효과를 아주 잘도 써먹고 있었다.

'자고로 쓸 수 있는 건 최대한 쓰는 것이 도리인 법.'

돈에 관해서라면 악독 귀족이 되어도 된다고 생각하는 드란이다.

이윽고 좌판이 총 5개가 주르륵 깔리자 드란은 그들에게 그동안 정성스레 만들어 두었던 혼약을 건네었다.

특이 몬스터의 혼약은 총 19개가 있었고, 보통 혼약은 총 78여 개가 있었다. 적당히 5등분한 혼약을 건네받은 평민들은 '이게 뭐다냐' 라는 표정으로 멀뚱멀뚱 바라보다가 드란의 말에 귀 기울일 수밖에 없었다.

"방금 나눠 준 것은 혼약이라고 하는 물품으로. 유저들…… 아니지. 이방인들에게 판매하면 된다. 또 판매할 때는 이렇게 외치도록. '영구적으로 스탯 올려 주는 물약이랑, 일정 확률로 스탯을 증폭시켜 주는 물약 팝니다.' 라고 말이다. 그리고 이것의 가격은 이렇게…… 요것의 가격은 요렇게 하도록. 그럼 난 이만 가 보겠다."

드란의 말을 그대로 들은 평민들은 소리치기 시작했고, 그 모습을 흐뭇하게 바라본 드란은 이내 몸을 돌려 사냥터로 향했다.

말 그대로 판매할 시간을 없애 사냥을 하겠다는 소리! 더구나 사냥을 하면 간을 얻게 되고, 그 간으로 또 혼약을 만들면 판매가 가능하다.

"이것이 바로 꿩 먹고 알 먹고, 도랑 치고 가재잡기. 누이 좋고 매부 좋고지."

말도 안 되는 사기 같은 상부상조와 어부지리!

다시 말하지만 드란은 머리가 좋다. 이 모습을 보니 왠지 모르게 고블린 킹 돌고가 생각난다.

드란은 사냥터로 나오자마자 찰프들을 사냥하기 위해 크로커다일 소드와 리자드 언월도를 빼 들었지만, 녀석들은 자신을 공격해 오지 않았다.

의아한 그들의 모습에 멀뚱멀뚱 바라보던 드란을 부르는 소리가 있었으니.

"크랑! 이봐, 지난번에 나한테 준 그거. 또 있어?"

지난번에 비해 제법 키가 큰 찰프 한 마리, 바로 찰프스였다.

찰프스는 드란의 앞에까지 뛰어와서는 계속 짖어 대며 혼약에 대해 물어왔다.

"아니, 지금은 없어. 대신 만들 수는 있지."

"어떻게?"

찰프스의 눈이 초롱초롱해졌다. 사실 찰프스는 혼약을 먹고 난 다음, 능력이 소량이지만 증가하자 깜짝 놀랐다.

쉽게 말하자면 이런 것이 대량으로 있다면 자신은 엄청나게 강해질 것이 분명하니 말이다.

한편 찰프스를 바라보는 눈빛이 예사롭지 않은 이가 있었으니. 바로 드란이었다.

"대신 그것을 만들려면 강한 적의 간이 필요해. 혹시 이곳에 특이한 적이나, 매우 강력한 적. 혹은 동굴 같은 거 본 적 없니?"

특이하거나 매우 강력한 적은, 특이 몬스터와 보스 몬스터를 말하는 것이고 동굴은 던전을 말하는 것이다.

참고로 말하자면 현재 샤이아 대륙에서 발견된 던전은 0개이다. 아직 모험가 유저가 많지 않고, 샤이아 대륙의 공헌도 퀘스트를 자주하다 보니 던전을 탐험할 일이 줄어들기 때문이다.

"크랑! 있어! 있다고! 동굴 같은 거! 바로 우리의 번식지에 있다. 크랑!"

"번식지?"

말 그대로 찰프들이 태어난다는 곳이 아닌가? 아마 그곳에는 십중팔구 찰프들이 떼거지로 모여 있을 것은 뻔하고도 뻔한 일.

드란이 막 고개를 저으려 하던 중 찰프스가 말했다.

"내가 절대명령을 해 뒀기 때문에 너는 공격하지 않을 거야. 어때 한 번 찾아가 보겠어?"

찰프스의 물음에 드란이 대답할 말은 너무도 간단했다.

"당연하지."

이윽고 찰프스는 자신들의 번식지로 안내했고, 드란도 네 발로 다다다닥 뛰면서 찰프스의 뒤를 따랐다.

의외로 찰프의 번식지는 제법 가까운 곳에 있었는데, 모여 있는 찰프들의 숫자를 보자니 유저들이 이곳을 찾아올 리는 없지라는 생각이 절로 들었다.

눈으로 대충 보아도 500마리가 넘어가는 찰프들의 숫자, 더구나 속속들이 리젠까지 재빠르게 되니…… 죽여도 죽여도 찰프들의 번식은 끊이질 않았다.

"크랑랑! 바로 이곳이다."

찰프스가 걸어갈 때마다 마치 모세의 기적이라도 일어난 듯, 찰프들이 좌우로 빠지기 시작했다.

빈 공간으로 당당하게 들어간 찰프스에 이어 드란도 차분히 들어가기 시작했다.

그리고 전부 들어가자 그곳에는 하나의 입구가 보였다. 그것을 본 드란의 눈이 반짝이기 시작했다.

'100% 던전이다!'

"고마워 찰프스, 그럼 이따 보자."

"크랑! 내 거 꼭 만들어 와야 된다."

찰프스의 못 박는 말을 들은 드란은 기세 좋게 던전 안으로 들어섰고, 이내 알림음이 울려 퍼졌다.

**찰프 번식지의 숨겨진 동굴**

기분 좋지 않은 매캐한 냄새가 나는 동굴로, 들어가는 이를 절로 거부할 듯한 기분이 듭니다. 무언가 비밀을 숨기고 있는 던전 같아 보입니다.

샤이아 대륙의 최초로 던전을 발견하셨습니다.

최초로 던전을 발견하셨기에 '최초의 발견자' 라는 칭호가 주어집니다. 또한, 공헌도 +100과 함께 최초의 발견자라는 이름 아래 공헌도 +100이 추가로 주어집니다.

> 던전을 발견하셨기에 샤이아 대륙 전체에 이 사실을 알릴 수 있습니다. 사실을 알리시겠습니까?(사실을 알릴시 공헌도 +100)
>
> 《최초의 발견자: 던전, 유물 발견 시 추가 공헌도 +100》

"알리지 않는다."

드란은 당연히 알리지 않는 것을 택했다. 공헌도 +100이라는 막대한 보상이 있기는 하지만 그것 때문에 혼자 독점할 수 있는 던전을 알리고 싶지는 않다.

'이곳을 노릴 자는 거의 없을 테지.'

찰프들이 무지막지하게 있는 이곳을 뚫는 방법은 대규모 마법을 연타로 날리면 되지만, 그런 것을 무시할 정도로 찰프들의 번식 속도는 무시무시하다.

물론 알려도 되겠지만 괜히 남 좋은 일은 물론, 자신을 이곳으로 안내한 찰프스에게는 못할 짓이다.

쿠쿠쿠―

던전 안으로 들어간 드란은 드디어 첫 상대를 대면할 수 있었다.

"크랑크랑!"

"찰프?"

늑대와 멧돼지를 합친 듯한 모습의 찰프.

하지만 드란 앞에 찰프는 평범한 찰프들과는 달랐다.

바로 찰프의 머리 위에 뿔이 두 개 자라났다는 것과 눈이 빨갛게 충혈된 듯해 보이는 것. 그리고 마지막으로 입에서 질질 침을 흘리는 것으로 보아 마치 미친 악마 같았다.

"크롸롸랑!"

눈이 빨갛게 충혈된 녀석이 공격을 해 들어오자 드란은 크로커다일 소드와 리자드 언월도를 어지러이 휘두르며 녀석의 송곳니와 뿔을 막아 냈다.

"크랑!"

"으아악!"

하지만 이내 방어는 저지될 수밖에 없었다.

이 찰프는 보통 찰프들보다도 힘이 월등히 강했다는 점. 그대로 드란을 송곳니로 집어 들어 내던진 찰프는 다시금 쓰러진 드란을 박으러 달려갔지만 이미 드란은 재빠르게 일어난 다음이었다.

드란은 우선 힘으로는 찰프를 이길 수 없다고 생각을 하고는 반격의 술보다는 일단 찰프를 멀리 날리겠다고 마음먹고 앞발을 모아들었다.

"바람의 술!"

푸화아아악—!

최상급에 이른 바람의 술이 돌진하는 찰프를 강타하자, 힘 센 녀석도 어쩔 수 없는지 억센 바람에는 밀려나 결국 저 멀리 날아갔다. 하지만 이내 다시금 두두두두거리는 소리와 함께 돌진해 오자 드란은 다시금 앞발을 모아들었다.

"타올라라! 불의 술!"

화르르르륵—!

아직 산소를 대량으로 함유한 바람이 곳곳에 남아 있었고, 그곳에 불의 술이 펼쳐지자 불의 폭풍이 일며, 찰프를 감싸들었다.

"꾸웨에에엑—"

돼지 멱따는 소리와 함께 불의 폭풍이 사라지자 그곳에는 까맣게 그을린 채 바들바들 몸을 떠는 찰프만이 존재했다.

드란이 짙게 미소 지었다.

"날 고생시켰으니 그 대가는 톡톡히 치러야겠지. 간 섭취!"

푸욱—!

가슴팍이 뚫린 찰프의 몸을 더 바들바들 떨더니, 이내 몸을 축 늘어트렸다.

드란은 빼낸 찰프의 생간을 인벤토리에 집어넣고는 다시금 앞으로 나아갔다.

"꾸에에에엑—!"

드란이 나아갈 때마다 돼지 멱따는 소리는 연이어 계속되었다.

"크롱크롱!"

"하아, 이제 지겹다 지겨워."

드란은 자신을 포위해 든 4마리의 찰프들을 보며 진저리를 쳤다.

녀석들은 광전사라도 되는 듯 드란을 보며 연신 짖어 대다가 돌진을 마구 해 댔다.

"영계의 이여, 나의 부름에 응하라! 영계 소환의 술!"

펑펑펑펑—!

이제 사미호가 되어서 총 4마리의 도깨비불을 소환해 낸 드란은 종속을 명했고, 도깨비불은 이렇게 대답했다.

[녀석들의 레벨은 우리보다 강함으로 1마리를 종속시키려면 우리의 개체가 2개 필요하다. 어떤가? 종속하겠는가?]

"당연."

스으으—

"크…… 크룅……."

각자 2개씩의 도깨비불이 한 마리의 찰프들에게 스며들자 두 마리의 찰프의 눈이 몽롱하게 풀리더니 이내 자신의 옆에 있던 찰프들에게 공격을 가했다.

"크룅크룅!"

빙의의 영향으로 아이러니하게 2:2 찰프들의 전투가 벌어졌고, 드란은 종속된 찰프들을 적당히 보조해 주며 공격을 가하자, 보조를 받지 못한 2마리의 찰프들은 그대로 죽음을 맞이했다.

이어서 찰프들의 생간을 뽑아 낸 드란은 종속된 찰프들을 쳐다보았다.

"도깨비불들아, 혹시 너희들 빙의에 제한은 없는 거지?"

[그렇다. 우리는 주인의 요력만 충분하다면 개체 수에 따라 무한적으로 빙의가 가능하다.]

"흐음, 그렇단 말이지? 간 섭취!"

드란의 손이 재빠르게 움직이며 종속된 찰프들의 가슴팍을 뚫었다.

찰프들의 눈이 고통으로 물들더니 이내 회색빛으로 물들어 죽음을 맞이했다. 그리고 죽은 찰프들의 몸속에서는 도깨비불이 2마리가 튀어나왔고, 드란은 이어서 다른 종속된 찰프의 배에 손을 쑤셔 넣어 간을 빼내었다.

"흐흐, 이거 엄청난 일석이조인데?"

양손에 생간을 들며 사악하게 웃고 있는 드란의 모습을 도깨비불들이 부들부들 떨었다.

[저건 주인이 아니다. 악마다.]

드란의 가방에는 현재 찰프들의 생간이 한가득 쌓여 있

었다. 그리고 그런 드란의 뒤에는 도깨비불이 쫄래쫄래 쫓아오고 있었고 말이다.

"대체 어디가 끝이야?"

던전의 거의 끝까지 들어온 드란이 고개를 저으며 말하자 그에 응답이라도 하듯 안쪽에서 포효가 울려 퍼졌다.

"크롸롸랑! 이곳으로 들어온 것을 후회하게 해 주지! 찰프들이여! 적을 공격하라!"

"크랑크랑!"

"전투 준비! 일단 제일 먼저 2마리를 종속시켜!"

[알았다.]

스으으—

"크롸앙!"

도깨비불에게 종속된 2마리의 찰프들이 돌진을 멈추고는 각각 드란의 왼쪽과 오른쪽에 서서는 돌진해 오는 찰프들을 노려보았다.

이어 대략 10여 마리나 몰려온 찰프들이 달려들자 드란은 황급하게 인벤토리에 리자드 언월도를 집어넣고는 노스텐을 빼 들었다.

"노스텐, 특수 저주로 발동."

—저주받은 단검 노스텐의 특수 저주에 걸리셨습니다.

30초마다 2의 영력이 소모됩니다.

자동적으로 블러드 실드가 발동되며 드란의 몸을 감쌌고, 드란은 달려오는 찰프들을 베어 넘겼다.

"크룽크룽!"

하지만 녀석들은 밖에 있는 보통의 찰프들과는 비교가 안 될 정도의 힘과 생명력을 가지고 있는 녀석들. 밖에 찰프들이 한 번 베는 것으로 죽는다면 이 녀석들은 적어도 다섯 번은 베어 넘겨야 했다.

"크룽크룽!"

"크룽크룽!"

퍽— 퍽—

한편 도깨비불에게 종속된 찰프 2마리는 온 힘을 다해 드란에게 달려오는 찰프들의 퇴로를 최대한 차단하여 드란의 전투에 도움을 주었다.

"크롸랑!"

한편 약간의 시간이 흐르자 종속된 찰프 한 마리가 휭 하니 날아가 버리며 회색빛으로 물들었다. 그리고 그곳에서는 도깨비불 2마리가 휭휭거리는 날파리처럼 떠오르더니 드란의 전투에 가담하였다.

이제야 알게 된 것이지만 도깨비불의 종속 능력인 빙의는 쿨타임이 존재하는 스킬이다.

하긴 당연하게도 적을 같은 편으로 만드는 빙의 같은 능력을 무한대로 사용할 수 있게 된다면 그건 말 그대로 개사기 스킬이 되는 거다.

[받아라!]

"꾸웨에에엑—!"

도깨비불은 몸 그 자체가 불덩이, 그것도 보통의 불이 아닌 영계의 불덩이다. 지옥불과는 비교가 안 되는 열기보다는 영혼을 태우는 듯한 열기를 내뿜는 도깨비불의 화력에 찰프들이 비명을 지르며 쓰러졌다.

하지만 그것도 한계에 몰리기 시작했다.

"크랑!"

퍽—!

[으아악!]

찰프의 공격에 도깨비불 하나가 그대로 사라졌다. 소멸된 것이 아니라 다시금 영계로 돌아간 것이다.

"하압! 불의 술!"

화르르륵—

치이익!

"꾸웨에에엑—!"

살이 타들어 가는 끔찍한 소리와 함께 찰프들이 노릇노릇하게 구워졌다. 그리고 이어 드란이 바람의 술을 더하자 찰프들은 그대로 전부 죽음을 맞이해 버렸다.

"어이 너! 이제 죽을 준비하라고!"

"크크룅! 과연 죽는 것은 누구일까? 찰프들아! 적을 제거하라!"

"크룅크룅!"

"뭔 끝이 없냐!"

드란은 다시금 나타나는 찰프들의 모습에 진저리를 쳤다. 하지만 이내 방법을 생각해 낼 수 있었다.

"이렇게 싸울 필요 없잖아? 둔갑의 술!"

펑—!

—띠링! 둔갑의 술을 사용하여 찰프로 모습을 둔갑했습니다. 찰프들은 힘이 넘치고 빠른 속력을 자랑하는 대신 머리가 뒤떨어집니다. 그리고 그런 찰프들의 특징을 소량 물려받게 됩니다. 힘, 민첩 +5, 지능과 지혜 —10. 요술의 힘이 현저히 약해집니다.

이후 드란이 있던 자리에는 인간으로 둔갑을 한 드란의 모습이 아닌 찰프 한 마리가 코를 킁킁대며 서 있었다.

"크, 크룅! 어, 어디 간 거지?"

"크룅크룅!"

드란은 얼떨떨하게 말하는 보스 몬스터의 정체를 밝히기 위해 앞으로 나아갔고, 이내 보스 몬스터의 정체를 밝힐 수 있었다.

보스 몬스터의 이름은 '마기에 싸인 찰프스'.

'어쩐지 이곳에 있던 찰프들이 이렇게 강한 이유는 여기에 있었군.'

보통 마기에 감싸일 경우 막대한 힘을 얻어낼 수 있다. 하지만 그 대가로 이성을 잃게 되며, 다시는 되돌릴 수 없어진다. 말 그대로 마약에 찌든 자들을 예로 들면 될 것이다.

하지만 보스 몬스터인 찰프스는 그나마 지능을 가지고 있었기에, 말을 할 수는 있는 듯 보였다. 물론 머리에 뿔이나 있는 점과 눈이 빨갛게 충혈된 것은 똑같았지만 말이다.

찰프스가 당황하고 있을 때 드란은 녀석의 바로 뒤까지 다가갔다.

그리고 이어서 발동하는 스킬. 자신이 가지고 있는 스킬 중 제일 강력한 힘을 발휘하는 유니크 아이템인 대지의 목걸이의 스킬!

"어스 퀘이크!"

콰쾅—!

찰프로 둔갑한 드란이 땅을 후려치자 이어 땅이 쩍쩍 갈라지더니 다시금 원래대로 돌아와 빠지고 있는 찰프들의 몸을 그대로 짜부시켜 버렸다.

이렇게 해 버리면 생간을 얻을 수 없다는 점이 마음 아프지만 드란의 목적은 애초에 보스 몬스터의 간이다. 찰프들의 간은 이미 인벤토리에 한가득 있으니 말이다.

"꾸에에엑! 너무 아프다! 크량!"

한편 찰프스는 아랫부분이 땅에 낀 채, 윗부분만 바깥에 나와 버둥거렸다. 그 모습에 드란이 씨익 웃고는 앞발을 모았다.

"둔갑의 술 해제!"

펑—!

둔갑의 술이 해제되자 이어 꼬리 4개의 드란이 모습을 드러냈다. 영락없는 사미호의 모습.

"후후."

드란이 미소 짓자 찰프스는 뒤끝에 오싹함을 느끼고는 더욱 버둥버둥거렸으나 그런다고 하체가 나올 리가 만무하다.

"간 섭취!"

푸욱—!

"꿰에에에엑—!"

던전 안에서는 드란에게 가슴팍이 뚫린 찰프스의 고통에 찬 비명만이 가득해졌다.

"뒤에 길이 더 있네?"

드란은 찰프스를 처리하고는 생간을 얻어냈다. 노스텐에

게 영향을 받지 않은 보스 몬스터의 간이지만 드란은 이 간을 먹을 생각을 하지 않았다.

드란은 이것을 혼약으로 만들어 찰프스에게 먹일 생각이었다.

그것이 던전을 알려 준 찰프스에게 대하는 최소한의 예의라고 생각하는 것이다. 그리고 애초에 약속도 했고 말이다.

여하튼 드란은 더욱더 안으로 들어갔고, 이내 한 상자방에 들어설 수 있었다.

뻥—!

드란은 그대로 상자방에 있는 상자를 발로 뻥 차서는 상자를 열었고, 그곳에 있는 아이템을 발견할 수 있었다.

"이, 이건?"

의외의 아이템을 본 드란의 눈이 동그랗게 치떠졌다.

> **암흑 마기 구슬(퀘스트)**
> 시시각각 마기가 뿜어져 나오는 구슬. 현재 능력이 부족함으로 구슬이 왜 이곳에 있는지, 왜 마기를 내뿜는지에 대한 원인을 해방시킬 수는 없습니다.
> 제한: 레벨 80 이상

보통 아이템의 종류는 많은 편이지만 퀘스트 아이템의

경우에는 희귀한 편에 속한다. 물론 전혀 쓸모없는 퀘스트를 주는 아이템도 있었지만, 이 암흑 마기 구슬은 제한이 80이 넘는 것으로 보아 그 퀘스트가 무척이나 어렵다는 것을 뜻한다.

어렵다는 말은, 고로 해석해 보면 보상도 좋다는 말.

"이거 대박인데?"

요즘 들어 자주 대박이 터지는 드란이다. 드란은 진심으로 찰프스에게 고마워하고 있다.

"찰프스야 기다려, 너는 오늘 대박 날 거야."

던전은 보스를 처리하거나 보스의 뒤에 있는 보상방의 상자를 열게 되면 자동적으로 밖으로 나가게 된다.

파앗!

빛과 함께 드란의 몸을 감싸들었고, 이내 드란이 등장한 곳은 찰프들이 가득 있는 번식지였다.

"크랑크랑!"

시끄러운 찰프들의 짖음에 드란은 귀를 막아 들고는 인상을 찡그렸다. 그런 드란에게로 달려오는 한 마리의 조그마한 찰프가 있었다.

"크랑! 드란, 나를 강하게 만들어 줄 것을!"

"자, 여기."

드란은 보상방으로 향하기 전에 미리 보스 몬스터의 마

기에 싸인 찰프스의 생간을 혼약으로 제조한 상태이다.

물론 궁금한 이들을 위해 옵션을 공개하도록 하겠다. 바로 첫 보스 몬스터의 생간이 혼약으로 제조된 것이니 말이다.

**찰프스의 혼약(중급 보스 혼약)**

만복도를 100% 채워 주고 30초에 걸쳐 2,000의 생명력을 회복합니다.

80%의 확률로 60분간 민첩 +20, 힘 +55. 스킬 광폭과 찰프 종속, 찰프 지휘가 임시적으로 생겨난다. 또한, 힘이 영구적으로 10 증가합니다.

바로 중급에 해당하는 보스 혼약! 무엇보다도 눈에 띄는 점은 영구적으로 힘이 10이나 증가한다는 점이다.

물론 스킬인 광폭과 찰프 종속, 지휘도 눈에 띄기는 했지만 그것은 임시적으로 생겨나는 것이지, 영구적으로 생기는 것이 아니다.

한편 혼약을 본 찰프스는 엉덩이 부분에 자란 꼬리를 새끼 강아지가 애교라도 부리듯 이리저리 흔들면서 눈을 댕그랗게 치떴다.

'귀여운데?'

찰프스의 모습을 본 드란은 왠지 모르게 놀리고 싶어졌

지만 약속한 건 약속한 거고, 맹세한 건 맹세한 거다. 드란이 혼약을 찰프스에게 가져다 대자 녀석은 냅다 입을 벌려서는 혼약을 우겨넣었다.

으적으적— 으적으적—

"으읍……."

혼약으로 제조를 했다지만 원재료가 생간이다 보니 씹을 때마다 피가 살짝 배어나는 것은 어쩔 수 없다.

찰프스는 씹을 때마다 나는 이상야릇한 맛에 인상을 찌푸렸지만 이내 꿀꺽거리는 소리와 함께 환단인 혼약을 그대로 삼켜 버렸다.

부들부들.

혼약을 삼킨 찰프스의 몸이 부들부들 떨리더니 몸의 크기가 조금 자라고 이빨과 발톱이 날카롭게 자라났다.

그러더니 이름이 찰프스에서 찰프란으로 변화되었다. 또한 눈매도 조금 날카롭게 변한 듯하다.

"크르르…… 고맙다. 덕분에 막혀 있던 진화의 길이 뚫렸어. 정말 고맙다 드란."

"그래서 그렇게 혼약을 원했던 거야?"

"그렇게 됐다. 어찌 됐든 이 은혜는 잊지 않겠어. 다음에 부탁할 일이 있다면 말해라. 최선을 다해서 도와주겠다."

어쩐지 말투도 어른스러워진 듯한 찰프란이다.

그런 찰프란에게 드란은 싱긋 웃어 보였다.

"충분히 도와줄 만큼 도와줬어, 그럼 다음에 보자고."

"잘 가라."

# 제14장
# 왕국 전쟁

성진은 옛날에 등록해 두었던 아이템들을 떠올리고는 아이템 거래 사이트에 접속해 보았다.

아이디와 비밀번호를 치고 들어가자 들리는 쪽지가 왔다는 메시지. 안 봐도 뻔했다.

—우두머리 늑대의 송곳니(노말 S)

내구력:45/45　공격력:13~18　사용 제한:민첩 30 이상

옵션:공격 속도 10%

판매 금액 10만 원

—우두머리 늑대의 송곳니(노말 S)

내구력:45/45　공격력:13~18　사용 제한:민첩 30 이상

옵션:공격 속도 10%

판매 금액 8만 원

—카르취의 갑옷(마법 D)

내구력:110/110　방어력:40　사용 제한:힘 80　이상

옵션:이동속도 —20%　민첩 —10　전사 계열일 경우 패널티는 무효화된다.

판매 금액 62만 원

—홉 고블린 단도(마법 A)

내구력:40/40　공격력:17~29　사용 제한:민첩 70 이상

옵션:민첩 +5

공격 속도 +20%, 1%의 확률로 적을 즉사시킨다.(보스 몬스터나 특이 몬스터에게는 1/4의 확률로 적용된다.)

경매 시작가 120만 원

—고블린 헌터 바람총(마법 A)

내구력:50/50　공격력:5~10　사용 제한:민첩 70 이상

옵션:민첩 +5

공격 속도 +50%, 1%의 확률로 적을 마비시킨다.(보스 몬스터나 특이 몬스터에게는 1/4의 확률로 적용된다.)

경매 시작가 135만 원

총 335만 원, 그리고 수수료는 10%이니까 33만 5천 원이 떼어 감으로 총 301만 5천 원이라는 돈이 성진의 아이디에 생겨났다.

성진이 게임을 시작한 지 어느새 2달이라는 시간이 흘렀다.

내심 처음 시작했을 때 일미호가 되어 어벙한 표정을 짓고 있던 장면이 생각나자 성진은 푸웁 하고 웃었지만, 이후 일이 계속되자 얼굴을 찡그렸다.

"결국 생간만 죽도록 먹은 거잖아."

하지만 종족은 그러한 걸 어찌하겠는가, 자기 인생인 것이지.

여하튼 성진은 예리한 롱소드와 튼튼한 가죽 셔츠 등의 아이템을 다시 경매장에 등록시킨 후 밖으로 나가서는 돈을 뽑았다. 그의 손에 300만 원이라는 거금이 들어왔다.

자고로 거금이 들어오면 쓰고 싶어지는 것이 사람의 심리이다. 성진은 우선 누구한테 제일 먼저 쏠까 생각하다가 주변을 둘러보던 중 속옷 가게가 보이자 얼굴을 붉히다가 이내 고개를 저었다.

"원래 이래야 아들로서의 도리인 거야."

성진은 쪽팔림을 무릅쓰고 속옷 가게에 들어갔다. 그런

성진에게로 여성 직원이 웃음을 지으며 다가왔다.

"안녕하세요? 무엇을 보려고 오셨나요?"

"그…… 부모님들한테 속옷을 사 드리려고 하는데. 무엇이 좋을까요?"

"어머, 효자시네요. 어떤 종류를 원하시는데요?"

"그냥 건강에 좋은 걸로……."

성진은 대충 얼버무렸다. 그러자 여성 직원은 알았다는 듯, 고개를 끄덕이더니 몇 개의 속옷을 집어 왔다.

성진은 그 속옷들 중 그나마 양반인 편에 속하는 평범한 축으로 골라서는 계산대에 올렸고, 총 6만 원 정도 사용했다.

그리고 이번에는 정육점으로 갔다. 요즘 들어서 건강에 신경 쓰기보다는 일을 하느냐고 힘들어하신 아버지와 어머니에게 고기라도 드릴 생각이다.

고기를 한 아름이나 사 든 성진은 얼굴 한가득 미소가 충만했다.

"이만하면 효자 아니겠어?"

자화자찬하는 성진이다.

성진은 아버지와 어머니와 함께 밥을 챙겨 먹고는 2시간 정도 후에 캡슐에 몸을 실었다. 그런 성진의 얼굴에는 미소가 가득했다. 부모님이 자신이 사 온 속옷을 받고 기분 좋아하며 웃음 짓던 것이 계속 생각나기 때문이다.

파앗!

빛과 함께 둔갑의 술로 평범한 인간으로 둔갑을 한 드란이 나타났다.

드란은 다시 한 번 미소를 지을 수밖에 없었다.

"남작님, 여기 모든 판매가 끝났습니다."

"5, 500골드?!"

혼약들을 판매하고 번 돈은 자그마치 527골드 20실버 80쿠퍼였다.

그리고 그중 380골드는 특이 몬스터인 홉 고블린과 고블린 헌터의 혼약들로 벌어들인 돈이라고 했다.

단숨에 현 돈으로 500만 원이라는 돈을 벌어들인 드란은 평민들을 끌어안고 싶었지만, 자신이 이곳에서의 신분은 남작이기에 쉽게 경거망동할 수는 없는 노릇이다.

드란은 500골드를 인벤토리에 집어넣고는 평민에게 나머지 잔돈인 27골드 20실버 80쿠퍼를 건네었다.

"이, 이것은 왜?"

"일을 하였으면, 그에 따른 보답을 받는 것은 당연합니다. 거절하지 말고 받으시지요."

"가, 감사합니다. 남작님!"

—띠링! 평민 한스가 당신에게 진심으로 감동하였습니

다. 친밀도가 한계치까지 상승하였습니다. 또한, 일을 하였던 다른 평민들의 친밀도 역시 한계치까지 상승합니다.

본래 귀족들은 평민들을 천하게 여기면서 자신들의 밥으로 본다. 평민들도 화가 나는 일이지만 태어난 게 운이 없다고 생각하며 어쩔 수 없이 일을 할 수밖에 없는 노릇이다.

몇몇 챙겨 주는 귀족들도 있긴 하지만 그들 대부분은 가식이다. 또한 27골드에 달하는 거금을 주는 일은 맹세코 전혀 없다고 단언할 수 있다.

하지만 한스가 감동을 한 이유는 27골드라는 돈 때문이 아니다. 드란의 말 한마디 한마디에 진심이 어려 있기 때문이었다.

하지만 한스가 어떻게 생각하든 드란의 머릿속은 한스의 생각과는 전혀 달랐다.

'27골드를 줬으니 다음에도 이용해 먹어도 되겠지. 적어도 나는 월급은 주는 남자라고.'

드란의 행동은 맹세코 가식이었다.

드란이 아이저 왕국에서 지낸 지도 어느새 2주일이라는 시간이 흘렀다.

"드란 남작님. 안녕하셨습니까?"

"어, 그래 데븐. 오늘도 날씨가 좋군 그래."

어느새 아이저 왕국의 많은 평민 NPC들과 친해진 드란이었다. 물론 그들은 대체로 드란에게 이용만 당한 이들이기도 했고 말이다.

하지만 이용을 해도 정이 들기는 드나 보다. 요즘 부쩍 평민 NPC들의 모습을 많이 보다 보니 어떤 점에서는 훈훈한 NPC들의 인심이 크게 느껴졌다. 이런 것까지 현실화하는 리펙터 월드에 놀랍기도 했지만, 이미 많이 놀라 봤기에 그리 크지는 않았다.

"크, 큰일 났습니다!"

그렇게 드란이 미소를 짓고 있을 때, 막 평민에서 경비병으로 들어간 NPC 한스가 헐레벌떡 뛰어오더니 드란을 보고는 미친 듯이 설명을 해 대기 시작했다.

"나, 남작님! 지, 지금 제놈 왕국이 아이저 왕국에게 선전포고를 했습니다!"

"선전포고?"

"그렇습니다. 어서 경비병 대장님에게 이 사실을 알리러 저는 먼저 가 보겠습니다!"

드란에게 선전포고라는 말을 남긴 한스는 그대로 경비병 대장이 있는 집으로 뛰어 들어갔고, 이내 경비병 대장 집에서 나와 왕성으로 뛰어가는 모습을 볼 수 있었다.

"선전포고라면 전쟁을 말하는 거야?"

드란이 어벙한 표정으로 말하자. 그에 대답이라도 하듯 귓가에 퀘스트 알림음이 울려 퍼졌다.

**제놈 왕국의 선전포고(공헌도 전쟁 퀘스트)**

모든 것이 들킨 제놈 왕국의 왕 리차브. 그는 아이저 왕국과 라민 왕국이 동맹을 채결하자 제대로 합쳐지기 전에 아이저 왕국을 멸망시키려 합니다. 제놈 왕국은 6개의 왕국 중 전투력으로는 월등히 강력한 왕국, 아이저 왕국의 힘만으로는 제놈 왕국의 힘을 이겨낼 수 없습니다. 용사들이여. 라민 왕국의 지원병이 오기 전까지 제놈 왕국의 공격을 막아 내십시오. 보상은 적을 죽이거나 보조적인 일을 많이 할 경우 쌓이는 공적치로 계산하여 받게 됩니다.

〈〈난이도:A++, 퀘스트 제한:아이저 왕국을 선택한 유저 전체. 전쟁 시작 시간:현실 시간으로 10시간 후, 제한 시간:전쟁 시작 후 5시간〉〉

"A++급 퀘스트다!"

"대박이야! 전쟁이 없던 6개의 왕국에서 드디어 전쟁이 터진 거라고!"

"난 애초에 리펙터 월드에서 전쟁이 일어난 건 처음 본다! 우와아, 내가 이런 경험을 하게 되다니!"

"피난 가야 하는 거 아니야?"

퀘스트를 받은 것이 당연 드란만은 아니었다.

드란 외에도 아이저 왕국을 선택한 유저들의 숫자는 가히 폭발적으로 많은 편이다. 물론 다른 왕국들도 마찬가지이고 말이다.

퀘스트를 받은 이들 중 대다수가 리펙터 월드의 사상 처음으로 터진 전쟁 퀘스트에 들떠 있었지만 드란으로서는 전쟁 퀘스트를 이미 2번이나 경험을 해 보았다. 첫 번째는 리자드맨과 고블린과의 전쟁, 그리고 두 번째는 두더지와 자이언트 웜과의 전쟁이었다.

'전쟁에서는 개인의 실력보다는 팀워크가 중요하지.'

리자드맨 히어로 하륵처럼 어마어마한 위용의 힘을 가지지 않은 이상, 혼자 전쟁터에 영웅이라는 듯 뛰쳐나갔다가는 필히 100%, 10초도 안 되어서 사망할 것이 분명하다.

무엇보다도 전쟁에서 중요한 것은 드란의 말대로 팀워크다. 근접전에선 약한 궁수들도 성벽에서 미친 듯이 화살비를 쏘아 댄다면 그것보다 무서운 공격은 없을 테고, 그보다 더한 마법사들의 공격은 더더욱 무서울 것이다.

물론 성벽이 건재하다는 전제하에 말이다.

드란은 퀘스트에 숨겨진 단어를 이미 알아내 두었다.

'제놈 왕국의 힘은 우리보다 강하다.'

설명에도 그렇게 적혀 있었고, 제한 시간으로 5시간이라는 조건도 붙어 있었다. 이 말은 전쟁에서 이기라는 소리가 아니다.

퀘스트의 요점은 바로 5시간 동안 적의 공격을 방어해내라는 말, 그리고 그 시간이 흐르면 라민 왕국의 지원병이 도착한다는 소리이다.

드란이 아이저 왕국에서 가지고 있는 지위는 남작. 이미 버리기엔 아까울 정도로 커진 계급이다.

드란의 시선이 유저들에게로 향해졌다.

"저렇게 날뛰어 대서야."

저렇게 날뛰는 유저들이 많다면 성을 방어하는 수성전은 하기 힘들다. 애초에 수성전은 참을성이 많아야 한다.

드란은 고민에 빠져들었다.

'이 상태로는 5시간을 버티는 것이란 무리야.'

드란은 고민에 빠져들었다가, 이내 한 가지 생각이 떠올랐다.

"그 녀석들만 있으면……."

드란의 발걸음이 바빠지기 시작했다.

∴

어두운 한 방 안, 그곳 의자에 앉아 있던 남자가 괴상한 웃음을 터트렸다.

"크크크, 멍청한 아이저 왕국. 그 죄를 덮어썼다면 좀 더 오래 살 수 있었을 것을."

이상한 말을 하는 남자에게로 순백의 갑옷을 장착한 한 기사가 달려오며 부복했다.

"신, 기사단장 익스탄. 이곳에 왔습니다. 주군이시여, 아이저 왕국으로 갈 준비가 모두 끝났습니다."

"크크! 그래 잘했다. 익스탄."

"감사드립니다. 주군이시여."

익스탄이 인사하고 있는 자는 왕관을 쓰고 있는 자였다. 바로 제놈 왕국의 왕 리차브, 아이저 왕국과 라민 왕국의 비리를 일으킨 장본인이다.

리차브는 이어서 익스탄에게 말하였다.

"익스탄, 흑기사 부대와 키메라즈 부대는 준비는 되었겠지?"

"아이저 왕국을 상대할 뿐인데 구지 그들이 필요하겠습니까?"

"난 철저한 것이 좋다. 익스탄, 그들도 모두 전투 준비시키도록."

"충!"

이윽고 익스탄이 밖으로 나갔고, 리차브는 다시 한 번 괴소를 터트렸다.

"크크크. 크하하하! 이제 곧 이 샤이아 대륙의 황제는 짐이 될 것이다!"

⁂

"헉! 헉!"

드란은 숨을 헐떡이며 한 마을로 들어섰다. 그런 그의 모습에 마을 안에 있던 이들의 눈이 왕방울만 해졌다.

"크륵! 드, 드륵 님! 이곳엔 어쩐 일이십니까?"

"하륵은 어디 있나?"

마을 안에 있던 이는 바로 파충류과의 비늘로 온몸이 둘러싸인 것으로 모자라 튼튼해 보이는 무구들도 장착하고 있는 리자드맨들이었다.

"이, 이곳입니다."

리자드맨 한 마리가 벌떡 나와서는 드란에게 길 안내를 하였다. 그리고 이내 제법 튼튼해 보이는 집 안으로 들어서자 그곳에는 칼을 다듬고 있는 하륵이 보였다.

"하륵! 오랜만이군."

"……드, 드륵 님?"

드란의 모습을 본 하륵의 눈 역시 왕방울만 해지더니 이내 드란에게 달려들었다.

"보고 싶었습니다!"

"일단 나와 봐, 나 숨 막혀 죽일 일 있어?"

하륵의 심각한 애정 공세에 숨이 막히자 드란은 겨우 하륵을 떨쳐 내고는 자신의 상황을 설명했다.

설명을 다 듣고 나자 하륵은 가볍게 고개를 끄덕였다.

"드륵 님을 위해서라면 그 어떠한 일을 마다하겠습니까? 걱정 마십시오. 그 시간 안에 가도록 하겠습니다."

"고마워, 하륵."

"하압! 둔갑의 술!"

펑—!

드란이 둔갑의 술을 펼치자 그곳에는 아담한 키를 자랑하는 두더지 한 마리가 서 있었다.

바로 땅굴기지 세상에 알려진 구원 대장 드토였다.

드토로 변한 드란이 구멍 안으로 다이빙을 하고 들어가 조금 걸어가자 이내 땅굴 기지에 다다를 수 있었다.

"구원 대장이 이곳에는 무슨 일이십니까!"

"잠시 무토를 보러왔다. 무토는 지금 어디에 있는가?"

"저를 따라오시지요."

두더지 한 마리가 쫄래쫄래 걸어가며 드란을 무토에게 안내해 주었다.

"오! 이게 누군가! 우리의 구원 대장 드토가 아니던가? 그래, 무슨 일이야?"

"반갑다. 무토. 오자마자 부탁을 하자니 미안한데. 혹시 나를 도와줄 수 있겠는가?"

드란의 말에 무토가 호탕하게 웃었다.

"이봐, 드토. 자네는 우리 땅굴 기지를 구해 주었네. 우리가 그런 자네의 부탁을 거절할 리 있겠는가? 공짜로 땅굴 지렁이를 달라고 하는 건 안 되겠지만 다른 쪽으로 부탁을 한다면 내 도와주도록 함세. 그래, 어떤 일인가?"

드란은 무토에게도 하륵과 마찬가지로 상황을 설명하였고, 무토는 가볍게 고개를 끄덕였다.

"나는 인간들에게 모습을 보이고 싶지는 않은 편이지만 자네의 부탁이니 도와주도록 함세."

리자드맨의 마을과 땅굴 기지를 다녀온 드란은 마지막으로 한 마을에 들어가기 위해 어느 숲 속 앞에 서서는 소리쳤다.

"작은 여우가 큰 여우의 품으로 찾아갑니다."

쓰아아악—!

드란의 눈에 오랜만에 구미호 일족의 마을 풍경이 보였다.

"어어! 드란!"

여전히 꼬마의 모습을 하고 있는 우포는 한참 히포와 뛰어 놀다가 드란의 모습을 보자 화들짝 놀라며 달려들었다.

"정말 오랜만이야! 어라? 그런데 드란, 너 많이 변한 것 같다?"

그리고는 드란의 뒤에 자란 꼬리를 하나하나 세기 시작하더니 벌벌 떨었다.

"말도 안 돼! 벌써 사미호라고? 뭐야, 이 말도 안 되는 성장 속도는!"

"아하하……."

우포의 외침에 그저 드란은 미소를 지으면서 주변을 두리번거릴 뿐이다. 그리고 이내 무엇인가 발견한 듯 빠르게 뛰어나갔다.

"미샨포 님, 오랜만입니다."

"어? 혹시 드란 씨? 아니, 어떻게 벌써 사미호가…… 얼마 되지도 않은 것 같은데."

미샨포의 눈에 궁금증으로 인한 떨림이 생겨났지만 드란은 현재 시간이 부족한 상태이다. 10시간 후면 제놈 왕국이 아이저 왕국을 공격해 들어간다. 자칫하면 아이저 왕국이 꼼짝없이 멸망당할 수도 있는 노릇이다.

드란이 빠르게 미샨포에게 요점만 골라서 설명을 했고, 미샨포는 고민하는 표정을 짓다가 이내 드란을 바라봤다.

"보시다시피 결계를 유지하기 위해서는 제가 이곳에 있어야 해요. 만약 제가 이곳을 떠난다면 숲의 결계는 사라질 테고, 웨어울프족에게 발견될 수도 있을 테니…… 제가 가는 것은 무리이지만 오미호를 10명까지 보내 주도록 할게요."

오미호 10명, 사미호인 드란도 이리 강한데 오미호가 10명이라는 소리는 엄청난 것이다.

"정말 고마워요. 미샨포 님!"

미샨포의 손을 잡은 드란이 방방 뛰며 좋아했다.

고블린 부락의 앞까지 온 드란은 한 스킬을 외쳤다.

"콜, 고블린 킹 돌고!"

"끼에에엑! 괴, 괴물! 사, 살려 달라!"

돌고가 나타나더니 드란을 보고는 뒤로 엎어지듯 고꾸라지며 벌벌 떨었다.

그런 돌고에게 드란은 씨익 웃으며 설명했다.

"이봐, 돌고. 살고 싶지?"

"사, 살고 싶다."

"그럼 나의 말을 좀 따라 주었으면 좋겠어."

드란의 말에 돌고가 고개를 미친 듯이 끄덕였다.

"그럼 간단해, 저 앞의 고블린 부락에 가서 부대를 정리해서 아이저 왕국이라는 곳으로 오도록. 그리고 우리를 도와줘."

"시, 싫다면?"

드란이 손톱을 빼 들며 혀를 날름거렸다.

"그럼 배딴지가 따이던지."

"아슬아슬하게 도착한 듯하네."

아이저 왕국의 앞까지 걸어온 드란이 이마에 가득 땀을 흘기며 미소 지었다. 세 마을이나 왕복을 하니 시간이 오래 걸릴 줄 예상했는데, 의외로 부탁이 쉽게 허락되자 빠르게 도착할 수 있었다.

"이제 모든 준비는 끝났어. 올 테면 와 보시지. 제놈 왕국의 녀석들!"

드란이 자신만만하게 배를 쭉 내밀며 웃어 젖혔다.

⁂

현실 시간으로 10시간은 의외로 빠른 편이다. 어느새 전쟁의 개막을 알리는 뿔피리가 들려오며 아이저 왕국의 바로 앞까지 쳐들어온 제놈 왕국의 강력한 병사들과 기사, 그리고 유저들은 아이저 왕국을 보며 코웃음 쳐 댔다.

"아이저 왕국은 이 시간부로 끝장이다. 그리고 라민 왕국은 그 다음이고 말이다."

그중 제놈 왕국의 기사단장인 익스탄은 얼굴 가득히 오만상을 찌푸리며 고개를 저었다.

"멍청한 아이저 왕국의 녀석들, 비밀만 짊어지고 있었어도 그 수명이 길어졌을 것임을……."

혀를 끌끌 찬 익스탄은 아이저 왕국의 배치를 보면서도

한숨을 쉬고 싶었다.

자신들의 병력이 월등히 많건만, 저 아이저 왕국의 이방인 녀석들은 자신의 실력을 믿기라도 하는지 몇몇은 성벽 밖으로 나와서는 칼을 치켜들고 있었다.

이윽고 뿔피리가 다시금 울려 퍼지자 제놈 왕국의 이들이 돌진해 들어왔다.

"죽어라! 아이저 왕국! 그리고 슈벨 왕!"

⁂

"왜들 안 오는 거야!"

드란은 자신이 부른 지원군들이 오지 않자 신경질을 부리며 앞발을 모아들었다.

"불의 술!"

화르르륵—!

성벽 위에서 쏘는 불이라 화력은 줄어들었지만 발사 반경은 늘어났다. 그로 인해 제놈 왕국의 유저들에게 불이 붙었고, 그들은 불을 털어 내며 계속해서 꾸역꾸역 몰려들었다.

"으아아아악!"

"바보 같은 놈들."

드란은 자신들의 실력만 믿고 아이저 왕국의 성 밖으로

나가서 싸우다가 죽은 유저들을 보며 혀를 끌끌 찼다. 적의 수가 월등히 많은 이상, 밖에 있다면 십중팔구는 죽음을 맞이할 것이 분명하다.

그래도 다행히 유저들 중에는 바보들만 있는 것이 아니다.

드란과 마찬가지로 아이저 왕국에서 남작으로 오른 유저, 샤벨트라는 유저는 직업이 마법사였는데 그는 마법사 부대를 다루었고, 직위가 기사로 오른 아이저 왕국의 레인은 궁수 부대를 다루게 되었다.

신관과 성기사 같은 교단직은 그 누구도 다루지 않고 독자적으로 행동하거나, 자신들의 선배의 말을 따랐다. 그리고 기사나 전사직은 전부 기사단장인 지란이 맡고 있었다.

"데미지에 치중하지 마라! 최대한 넓은 범위의 마법 공격을 퍼부어!"

"평민분들은 화살을 준비해 주세요! 모두, 화살 장전! 발사!"

"동료들에게 축복을 걸어 주고! 성벽을 지지해라!"

"전사와 기사들은 모두 성벽을 지지해라!"

콰콰광—! 슈슈슈슉—!

화아아—쿵쿵—!

한순간 발포되는 범위 마법들과 화살들, 그리고 그것을 강화시켜 주는 축복까지 걸리자 밖은 아수라장이 되었다.

"으아아악!"

"뭐야, 이거!"

한순간 화속성 마법으로 불타 죽는 자도 있었고, 얼음 계열의 마법을 맞아 슬로우 상태에 걸린 자도 있었다. 또 어떤 유저는 온몸에 화살이 박힌 채 눈이 돌아가 죽어 있었다.

'역시 인간 대 인간의 전쟁은 엄청난데.'

몬스터들에게 병과가 얼마 없는 데에 비해 인간들은 하나하나의 병과들이 합쳐지면 그 힘이 배가 된다. 바로 그 점이 인간의 무서운 점이라는 것이다.

쿵쿵—!

한편 제놈 왕국의 공격으로 성벽의 내구도가 계속해서 깎여 나가자 많은 대장장이 유저들과 NPC들이 달려들어 수리를 하고 있었다. 하지만 고쳐지고 있는 것보단 깎이는 속도가 더 빨랐다.

"모두 성벽을 제대로 지지한다! 힘을 아끼지 마라!"

기사단장인 지란이 외침과 함께 성벽에 몸을 기댔다.

"크윽!"

흔들리는 성벽에 대고 있어서인지 계속해서 충격이 크게 들어왔지만, 그만큼 성벽의 내구도 감소률이 줄어들었다.

"이거 뭐야? 의외로 쉬운 거 아니야?"

의외로 수성을 잘하는 아이저 왕국의 유저들과 NPC들

의 모습에 드란은 자신이 왜 그런 걱정을 했는지 이해가 안 갔다. 가끔씩 성벽에 사다리가 쳐지며 제놈 왕국의 이들이 올라왔지만 쉴 새 없이 쏟아지는 화살비에 그들은 그저 떨어져 죽을 뿐이다.

왠지 모르게 발에 땀띠 나도록 몬스터 마을로 뛰어다닌 게 억울해지는 드란이다.

하지만 그 순간, 성벽에서 크게 울리는 충격음이 들려왔다.

콰쾅—!

"으아아악!"

엄청난 충격에 성벽을 지지하고 있던 이들이 튕겨나갔다. 그리고 그중에는 사망을 한 유저와 NPC까지 있었다. 그만큼 충격이 엄청났다는 소리.

"막아라! 무조건 막아야 한다!"

지란이 크게 소리치며 다시금 성벽을 지지했고, 기사 NPC들도 달려들어서 다시 막았다. 그리고 용기가 좋은 유저들도 달려들었지만, 다시 충격이 울려 퍼지자 날아가는 것은 어쩔 수가 없었다.

드란이 성벽에서 벌어지는 일을 보니 괴상망측하게 생긴 세 마리의 괴물이 성벽을 후려치는 모습이 보였다. 그리고 엎친 데 덮친 격으로 제놈 왕국의 기사들이 있던 곳에서 갑자기 검은색 갑옷을 입은 기사들이 달려오더니 단숨에 성벽을 차고 올라왔다.

스가악—!

"으악!"

마법사와 궁수 유저의 특성상 그들의 생명력은 그리 높지 않다. 갑자기 올라온 판금 갑옷을 장착한 기사들을 이길리 만무하다.

갑자기 달려든 공격에 샤벨트와 레인은 황급히 후퇴를 명령했지만, 아래쪽 상황도 그리 좋은 편은 아니었다.

쿵—! 쿵—!

괴물의 공격에 성벽의 충격은 더욱 더해졌고, 수리도 불가능한 상태까지 이르렀다.

지란도 더 이상 성벽의 지지를 포기하고는 방패를 고쳐 잡은 상태이다.

꿀꺽.

성벽이 무너짐이 금방이라도 될 듯, 여러 유저가 침을 꿀꺽이며 긴장했다.

콰쾅—!

이윽고 성벽이 무너지며 제놈 왕국군이 몰려들기 시작했다.

"역시 오랫동안 키운 보람이 있군."

제놈 왕국의 기사단장인 익스탄은 많은 병사들과 이방인

들이 쩔쩔매던 아이저 왕국의 성벽과 방어를 단숨에 깨트리고는 호탕하게 웃었다.

저 흑기사 부대와 키메라즈 부대를 양성하는데 들인 돈이 얼마였던가? 물론 저걸 양성하려면 제법 많은 생명, 그것도 인간들의 희생도 필요했지만, 자신들 제놈 왕국에는 쓰레기 취급을 받는 빈민가의 천민들이 있다. 또 어쩔 때 들어오는 노예들을 활용해도 되고 말이다.

아이저 왕국의 성벽이 무너졌다. 그것이 뜻하는 의미는 크다.

익스탄이 우렁찬 목소리로 소리쳤다.

"아이저 왕국을 끝장내라!"

"우와아아아아!"

아이저 왕국을 향해 그동안 힘을 아끼고 있던 기사들과 마법사들이 말을 탄 채 돌격하기 시작했다.

"젠장! 우린 망했어!"

한 유저가 징징 짜듯이 말했다.

"닥쳐! 우린 무조건 버틴다! 이제 3시간만 버티면 돼!"

하지만 앞에 있는 거대한 괴물 3마리와 검은 갑옷의 기사 10댓 명, 그리고 수 없이 많은 제놈 왕국의 병사나 기사, 마법사나 궁수 같은 직업군들을 보자니 절로 겁이 났다.

"하아아앗! 으아악!"

방금도 앞에 나가서 용맹하게 싸우던 유저가 괴물에게 그대로 꿀꺽 삼켜졌다. 그리고 몇몇은 검은 갑옷의 기사에게 베어 나가기 일수였다.

그 모습을 그대로 지켜보던 드란은 안 되겠다는 생각에 노스텐을 빼 들었다.

노스텐을 장착하자 영력이 30초마다 2씩 빠져나가기 시작한다. 최대한 빨리 적을 없애야 자신에게 손해가 오지 않는다.

블러드 실드에 보호받는 채 적을 베어 넘기던 드란에게로 흑기사 한 명이 달려들었다.

채챙—!

"이거 뭐야! 힘이랑 속도가 장난이 아니잖아!"

강력한 흑기사의 모습에 드란은 어이가 없었다. 자신도 동렙들의 유저에 비하면 사기적으로 강한데, 이놈들은 더한 거 같다.

"그워어어어!"

더구나 이성이 없는 듯 알 수 없는 말을 지껄이며 공격을 해 댔다.

채채챙—!

몇 번의 공격을 받은 드란은 이길 수 없다 판단하고 흑기사를 멀리 떨구려 생각했다.

"반격의 술!"

팡—!

검으로 막으며 발로 흑기사를 차자 녀석이 충격과 함께 날아갔지만, 탄탄한 판금 갑옷을 입었기에 멀리 날아가지는 않았다.

그것을 예상이라도 했는지 드란은 앞발을 모았다.

"바람의 술!"

푸화아악—!

이어진 바람의 술에 흑기사는 결국 저 멀리 날아갔다. 하지만 다시 발을 박차며 달려오는 모습이 금방이라도 이곳에 도착할 듯싶다.

뒤를 돌아보니 샤벨트와 지란이 애써 버티는 모습이 보였다. 이미 궁수 부대를 지휘하는 레인은 죽음을 맞이한 듯, 어디에도 보이지 않았다.

"녀석들! 왜 이렇게 안 오는 거야!"

드란이 짜증을 내듯이 소리쳤다.

그리고 그 순간, 땅이 울렸다.

"뭐, 뭐야?!"

갑작스럽게 땅이 울리자 제놈 왕국의 이들은 물론, 아이저 왕국의 이들도 놀란 채 주변을 두리번거렸다. 그리고 그 때 갑자기 땅에서 큰 구멍이 뚫리며 거대한 기계가 등장했다.

"적을 모두 갈아 버리자!"

두두두두두두—!

"끄아아아악!"

등장한 기계에 탑승한 건 갈색 빛의 아담한 키의 두더지였다. 그의 머리 위로 대대장 무토라는 글귀가 떠올랐고, 그가 탑승한 메카닉 두더지의 드릴에 의해 위에 있던 유저들은 모조리 갈려 죽었다.

그리고 이어서 또 땅이 여러 번 울리며 8대의 메카닉 두더지가 더 등장했다.

"이건 대체 뭐야!"

"뭐긴 뭐야! 이 몸의 조상님이 창작하신 메카닉 두더지다!"

펑펑—!

프토가 거대한 철포를 장착한 메카닉 두더지로 나타나서는 되묻는 유저들에게 철포를 날려 주었다.

거대한 철포는 거대한 자이언트 웜도 일격에 죽일 정도로 강력한 위력을 가지고 있다. 그런데 유저라면 어떻겠는가?

"으가가각!"

철포가 튀어나와서는 유저들을 와르르 무너트리며 날려 버렸다. 그중 몇 명은 깔려 죽기도 했다.

"모두 밖으로 나와라!"

우루루루루—!

기계 대장 프토의 외침과 함께 메카닉 두더지 안에서 전투용 드릴과 방어구들을 장착한 두더지들이 쉴 새 없이 쏟아져 나왔다.

"드디어 왔구나!"

제일 먼저 등장한 두더지들의 모습에 드란의 얼굴이 밝게 물들었다. 하지만 반대로 제놈 왕국의 얼굴은 핼쑥해졌다.

"키에에에엑!"

갑자기 등장한 두더지들의 횡포에 키메라즈라는 괴물이 포효와 함께 메카닉 두더지에게 빠르게 돌진했다.

"지금 나한테 덤비는 거냐? 이런 돌연변이 같은 녀석이!"

'저 녀석은 끝났군.'

드란은 메카닉 두더지에게 돌격하는 키메라즈 한 마리가 문뜩 불쌍해졌다. 바로 그 메카닉 두더지에는 행동대장 아토가 타고 있기 때문이다.

10개나 되는 철구를 장착한 메카닉 두더지에게 키메라즈는 말 그대로 보기 좋게 두들겼다.

퍽퍽퍽퍽퍽퍽퍽—!

"키에에엑—!!!"

때릴 때마다 점점 크기가 작아지는 키메라즈의 모습, 그 모습에 흑기사들이 키메라즈를 돕기 위해 검을 빼 들었지만 그들의 공격을 막는 이들이 있었다.

"이거 우리가 좀 늦은 것 같은데? 자, 나가 보자고!"

"그워어어어어!"

"어머 징그러워라. 반격의 술!"

팡—!

꼬리 5개의 오미호들이 타이밍 좋게 등장해서는 흑기사들을 각각 한 녀석씩 맡았다.

드란과는 비교도 안 되는 반격의 술의 타격음.

판금 갑옷을 입은 흑기사가 오미호의 반격의 술에 그대로 저 멀리 날아갔다.

성안에서는 말 그대로 키메라즈 부대와 메카닉 두더지, 그리고 오미호들과 흑기사의 전투가 펼쳐지고 있었다.

그리고 바깥에서도 전투가 일어나는 것은 마찬가지이다.

"저, 저건 또 뭐야!"

제놈 왕국에 들어간 한 유저가 뒤에서 갑자기 등장하는 이들의 모습에 비명성을 터트렸다.

두두두두두두둑—

"크륵! 드륵 님과 드륵 님의 왕국을 돕는다!"

"크륵크륵크륵!"

"나는 배딴지가 따이고 싶지 않다! 고블린들이여, 적을 쓸어버려라!"

"끼에에에엑! 돌고 님과 함께 싸운다!"

리자드맨들과 고블린들은 함께 만나서 오기라도 한 듯, 리자드 보어에 탑승을 해서는 함께 달려오고 있었다.

어제의 적이 오늘의 동지라더니, 리자드맨 히어로 하륵을 죽이려 했던 고블린 킹 돌고는 리자드 보어에 함께 탑승한 채 돌진해 오고 있었다.

리자드 보어의 숫자는 그리 많은 편이 아니기 때문인지, 리자드 보어 한 마리에 리자드맨이 2마리씩 타거나 리자드맨 1마리에 고블린이 3마리씩 타고 오기도 했다.

이 상황에 제놈 왕국의 유저는 어이가 없었다.

"뭐, 이런 게 다 있어!"

유저의 외침에 리자드 보어들이 입을 벌렸다.

"쿠화아아악—!"

"으아아아악!"

대략 2백 마리의 리자드 보어들이 입에서 불을 뿜자 가히 화염방사기가 부럽지 않을 정도의 화력이 앞 시야를 가리며 나아갔다.

그리고 그 앞에서는 유저들이 활활 탄 채 비명을 지르며 쓰러지기 바빴다.

"이놈들! 멈추어라!"

재빠르게 본진 진영으로 돌아온 제놈 왕국의 기사단장 익스탄은 검을 빼 들며 비장한 표정으로 하륵과 돌고가 있는 곳으로 뛰어나가며 검을 앞으로 쏘았다.

채채챙—!

"크륵! 제법 실력이 좋은 인간이군. 네놈은 나의 상대다!"

"하찮은 리자드맨 따위가! 죽어라! 소드 하운드!"

"기세가 좋군! 블레이드 퍼니쉬!"

챙—!

하륵과 익스탄의 결투가 시작되자 할 일이 없어진 돌고는 뻘쭘한 모습으로 서 있다가 표적을 바꿨다.

바로 옆에서 그들의 결투를 구경하고 있던 제놈 왕국의 유저들이다.

"뭘 봐? 구경났냐? 우리도 구경거리 하나 내 볼까?"

투캉—

돌고가 말과 함께 어깨에 붙어 있던 두 개의 견갑을 날렸다. 부메랑처럼 날아간 견갑에서 자동적으로 칼이 나오며 유저들을 공격했다.

찰칵—

다시금 돌아온 견갑을 도로 장착한 돌고가 허리에서 두 개의 단검을 빼 들고 달려들었다.

"우헤헤! 망할 주인 녀석의 화풀이를 좀 해야겠다! 라이징 컷! 솟 웨이브!"

스악—스악—

"끄아악!"

전광석화같이 움직여서 유저들의 목을 따거나 그대로 허리를 베어 나가는 돌고의 모습에 유저들은 공포에 빠졌다.

"우하하! 스트레스가 시원하게 풀리는구나!"

"뭐 이딴 고블린이 다 있어!"

"몬스터들이 우리를 돕는다! 모두 전투에 활력을 가하자!"

"우와아아아!"

리자드맨과 고블린, 그리고 처음 보는 두더지와 꼬리 5개를 가진 미남 미녀의 몬스터들이 자신들을 돕는 것을 알자 사기가 충만된 아이저 왕국의 유저들이 기분 좋게 외치며 제놈 왕국을 공격해 들어갔다.

자신들에게 문제가 되는 것은 키메라즈라는 괴물들과 암흑의 기사들이다.

하지만 그런 문제들은 몬스터들이 맡고 있다. 그렇다면 자신들은 자신들과 같은 평범한 이들의 유저들과 전투를 치르면 되는 것이다.

"젠장, 뭐 이런 사기 같은 일이 다 있어!"

반면 몬스터들의 가세로 사기가 깎여 내린 제놈 왕국은 아이저 왕국에게 파죽지세로 밀리며 전전긍긍했다.

성안에서는 별 희귀한 드릴형이나 대포 같은 무기와 기계를 타고 다니는 두더지들과 엄청난 기세로 흑기사와 유저들을 날려 버리면서 입에서 별의 별 마법을 내뱉는 오미호들이, 밖에는 리자드맨과 고블린. 그리고 난생처음 보는 리자드 보어라는 몬스터이다.

이건 뭐 어떻게 할 수도 없는 노릇이다.

"으라차!"

파캉—

"키에에엑!"

행동대장 아토의 둔기 공격에 일격을 맞은 키메라즈 한 마리가 비명성을 토해 내며 이리저리 몸을 비틀어 댔다. 그리고 동시에 주변에 있는 제놈 왕국의 유저들까지 발로 깔아뭉개 죽이거나 꼬리로 날려 버렸다.

"그워어어!"

"하찮은 언데드 따위가, 용맹한 우리 오미호들에게 덤비다니. 제정신이 아니군. 내려쳐라! 번개의 술!"

콰쾅—!

"그워어엉!!"

현재 성안의 상태는 말 그대로 제놈 왕국의 비극을 보여주는 듯한 모습이었고, 밖 상황 역시 오십보백보였다.

채채챙—!

"크르릉! 죽어라! 소드 브레이크!"

"흐읍! 실드업!"

파캉—

제놈 왕국의 기사단장인 익스탄은 의외로 강한 하륵의 모습에 긴장감과 함께 두려움이 밀려왔다.

'이러다가는 우리 제놈 왕국이 지겠어! 이러다가는 리차브 왕께서 나를…….'

사실 기사단장은 자신이 처음이 아니다. 1년 전에도 자신의 스승과 마찬가지였던 아레스는 리차브의 왕의 명령을 거역하는 바람에 저주받은 언데드 망령의 기사인 흑기사가 되어 버렸다. 바로 흑기사의 대장을 맡게 되어 버리게 되는 것이다. 더구나 지금 흑기사의 부대장 자리는 비어 있었다.

이대로 가다가는 바로 자신이 그 부대장 자리를 꿰차게 될 일이다.

절대로 싫다. 언데드 망령기사가 될 바에는 차라리 이곳에서 할복하여 죽고 싶은 심정이다.

"크륵! 이제 죽어라! 블레이드 스톰!"

붕붕붕붕—!

마침내 하륵이 제일 강력한 기술인 블레이드 스톰을 시

전해서 익스탄을 끝장내려는 속셈으로 마구 공격을 가했다.

"이런!"

갑작스럽게 공격을 퍼붓는 하륵의 모습에 익스탄은 방패로 연신 막기 바빴다. 이건 뭐 공격을 할 수도 없는 상태이다.

"크륵크륵크르륵! 죽어라 인간!"

미친 듯이 공격을 해 대는 하륵의 모습을 보며 고블린 킹 돌고가 고개를 저었다.

"무식한 도마뱀 자식, 아주 방패를 가루로 만들려고 하는구나. 후우, 뭐 여하튼 인간 놈들! 각오는 되었겠지?"

"……젠장! 될 대로 되라지! 덤벼, 고블린 놈아! 키도 작은 녀석이!"

"……."

인간의 말을 들은 돌고의 눈이 돌아갔다. 자신이 제일 싫어하는 말을 인간 녀석이 한 것이다.

"나 완전 빡 돌았어. 이것들아, 오늘 제대로 보여 주지. 작은 고추가 더 맵다는 것을 말이야!"

"흥, 별것도 아닌 것들이."

여성인 오미호가 흑기사 하나를 떡 실신으로 만들어 놓고는 손을 탁탁 털었다.

주변을 둘러보니 이미 흑기사들을 전부 처리한 오미호들

이 드란의 곁으로 몰려들었다.

“반갑군, 형제. 미샨포 님의 명대로 그대를 도우러 이곳에 왔네.”

“하하, 네 정말 감사드려요.”

드란은 90도로 인사를 꾸벅꾸벅 해 댔다. 웬만한 유저들도 쩔쩔매는 흑기사들을 떡 실신시키는 오미호들의 위용을 드란은 똑똑히 두 눈으로 지켜보았다.

자고로 약자는 강자에게 붙는 법이다. 물론 드란의 사전에 있는 법이다.

“아니다. 그럼 우리는 다시 미샨포 님의 명을 따르러 가겠다. 그대도 가겠나? 드란.”

“좋죠!”

호탕하게 외치는 드란이었지만 눈은 이리저리 대굴대굴 굴러가고 있었다.

‘흑기사들의 간은 나의 것이다!’

보아하니 오미호들은 간에 신경을 쓰지 않는 것 같다.

웬만하면 전쟁터의 모든 간들을 섭취하고 싶은 마음이지만 시체들은 일정시간이 지나면 사라지게 되는 게 리펙터 월드의 기능이다. 시체가 그대로 계속 남겨졌다가 벌어질 일은 어떻게 보면 심각하니 말이다.

그러니 드란으로서 선택은 바로, 최대한 강한 이들의 간을 취하는 것!

드란의 손이 빠르게 놀려지기 시작하며 흑기사들의 가슴팍을 뚫었다. 그러자 나오는 약간 칙칙한 기운이 뿜어지며 살짝 부식된 듯한 간이 나왔다.

"으음……."

간을 바라보는 드란의 눈이 어둡다.

그래도 약간 다행이란 점이라면 슈렌 마을 때의 완전히 죽어 있는 좀비들의 간과는 달리 흑기사의 간은 충분히 먹을 수 있어 보인다는 점이었다.

일단 바쁘니 흑기사의 간을 인벤토리에 넣은 드란은 주변을 두리번거리며 강한편에 속하는 이들을 찾던 중, 제1호 땅굴 기지의 행동대장 아토에게 떡이 되어 이제는 형체를 알아보기도 힘들어 보이는 키메라즈들을 발견할 수 있었다. 더구나 나머지 2마리도 무토와 프토와 전투를 치르고 있었는데, 이제 곧 쓰러질듯 위태위태하게 몸이 흔들리고 있었다.

"저 녀석의 간이라면 효과가 엄청날 거 같은데?"

드란이 눈을 빛내며 번개같이 키메라즈의 시체에게로 뛰어갔다. 하지만 문제가 일어났으니.

"이 녀석 대체 간이 어디있는 거야?"

연신 가슴팍을 뚫어 보아도 간은커녕 장기도 찾아 볼 수가 없었다.

"내 반드시 찾고 만다!"

드란 특유의 오기가 발동되며 눈을 빛냈다. 반드시 해내고야 말겠다는 드란의 집념이 발동된 것이다.

손톱이 키메라즈의 단단한 근육질을 뚫고 들어가기를 여러 번, 마침내 드란은 간을 뽑아낼 수가 있었다.

신기한 점은 녀석의 간이 바로 다리 부분에 있었다는 점이다. 심장도 이상한 부위에 있는 것으로 보아 여러 몬스터를 억지로 융합시킨 모습이 보였다.

오크 로드 카르취보다도 커 보이는 키메라즈의 간을 바라보는 드란은 진저리가 난다는 듯, 고개를 이리저리 흔들다가 인벤토리 안으로 힘들게 쑤셔 넣었다.

그리고는 주변을 두리번거리고는 마음속으로 소리쳤다.

'나, 키메라즈의 간도 뽑아낸 드란이다! 이곳의 간은 모조리 나의 것이다!'

⁂

"어, 어떻게 된 일이지?"

라민 왕국의 기사단장 체롬은 입을 쩍 벌렸다.

아이저 왕국이 위기에 처했다는 말을 듣고 최대한 병력을 모아서 빨리 왔건만, 전쟁은 이미 아이저 왕국의 승리로 끝나 있었다.

더구나 더 어이없는 것은 아이저 왕국의 이방인들에게서

들은 이야기이다.

"세상에 말이야, 몬스터가 우리를 도와줬다니까? 그것도 가지각색의 몬스터들이 말이야."

"그나저나 그 도마뱀은 대단했지? 제놈 왕국의 기사단장이란 놈하고 호각으로 싸웠으니까."

"아니야, 난 그보다 두더지들이 더 대단했어. 그 거대한 괴물을 그대로 떡으로 만들어 놨다니까."

알 수없는 말이다. 몬스터가 왕국을 도와주었다? 그런 일을 맹세코 처음 듣는다.

이 상황에 체롬은 그저 어이가 없어서 눈만 동그랗게 뜬 채 어버버 서 있었다.

☘

"그러니까……실패했다는 건가?"

"그, 그게…… 죄송합니다."

"아니다 되었다."

리차브 왕의 말에 익스탄의 표정이 밝아졌다.

잘하면 그냥 넘어갈 것도 같은 상황, 하지만 이어지는 리차브 왕의 말에 익스탄의 표정은 싸늘하게 변할 수밖에 없었다.

"마침 흑기사 부대의 부대장 자리가 남아 있거든. 네놈은 그 자리를 차지하도록.”

“……!!”

스릉—!

리차브 왕의 말에 익스탄이 칼을 빼 들었다.

“내 비록 기사의 명예로 인해 주군을 죽일 수는 없다지만, 평생 흑기사가 되어 살고 싶지는 않습니다! 저 익스탄, 이곳에서 자결을……으아아악!”

갑자기 배를 뚫고 나온 칼에 익스탄의 얼굴이 새파래졌다.

“대, 대장!”

“그워어어어, 너도 우리의 동료가 되어라.”

싸아아아—

이윽고 칼에 뚫린 익스탄의 몸이 흑빛의 갑옷이 감싸들기 시작하더니 점차 흑기사의 모습으로 변화되었다.

“그워어어, 망령의 기사 부대장이 된 것을 축하한다. 익스탄. 아니 익스타르.”

▲

쏴아아아—

게임을 종료한 성진은 시원하게 목욕을 한 다음 밖으로 나왔다.

"하아, 기분 좋다."

옷을 주섬주섬 챙겨 입은 성진은 소파에 엉덩이를 깔은 다음 기분 좋게 TV채널을 돌렸다.

틱. 틱.

반복적으로 채널을 돌리던 성진이 인상을 찌푸렸다.

"나 참, 주말에는 볼만한 게 하나도 없냐."

하지만 아예 볼 것이 없는 것은 아니었는지 성진의 눈에 보기 좋은 채널이 하나 걸렸다.

[안녕하세요! 리펙터 월드의 귀염둥이 레베카입니다!]

[안녕하십니까! 리펙터 월드의 멋쟁이 그라노스입니다.]

제법 귀엽게 생긴 17살짜리 정도의 소녀와 키가 제법 큰 잘생긴 편에 속하는 19살 정도의 소년이 나와서는 하는 대사는 조금 유치했다. 만약 평소였다면 즉시 돌릴 채널이었지만, 돌리지 않는 이유는 간단하다. 바로 리펙터 월드에 대한 일이니 말이다.

[네, 네. 이곳은 리펙터 월드 사상 최초로 전쟁이 벌어진 곳인데요. 바로 샤이아 대륙에 왕국 중에서 아이저 왕국과 제놈 왕국의 전쟁이었습니다. 그라노스 님, 전쟁을 한 이유는 무엇인가요?]

[저도 잘 모르겠지만, 현재 아이저 왕국에 단 하나 있는 남작의 직위를 가지고 계신 유저분에게 물어보도록 하겠습니다. 저 샤벨트 님, 전쟁이 벌어진 이유가 무엇인지 짐작

하시나요?]

그라노스의 말에 성진의 눈에 낯선 인물이 나타났다. 바로 전쟁 때 마법사 유저들을 지휘했던 유저이기 때문이다. 또한, 자신과 같은 남작이기도 하고 말이다.

[제가 알기로는 옛날에 제놈 왕국이 비밀리에 라민 왕국의 시민들을 시해하고는 그 죄를 아이저 왕국에게 떠넘겼는데, 아이저 왕국이 진실을 밝히게 되자 제거하려고 했던 거죠. 라민 왕국과 하나로 규합되어서는 자신들이 불리해질 테니.]

[그러니까 제놈 왕국이 애초에 잘못을 했다는 거군요?]

[그렇게 되는 거죠.]

샤벨트가 고개를 끄덕이며 대답했다. 그러던 중 멀뚱멀뚱 바라보기만 했던 레베카가 쑤욱 등장하며 마이크를 들이댔다.

[그런데 제가 알아보기로는 아이저 왕국이 소유한 병력들 중 기괴한 이들의 등장으로 제놈 왕국이 밀렸다고 하던데, 라민 왕국이 지원을 오기 전에 그것을 어떻게 이겨냈다는 건가요?]

[그건 저도 잘 모르겠습니다. 갑자기 땅이 울렸고, 그곳에서 처음 보는 기계에 탑승한 두더지들의 공격에 제일 먼저 제놈 왕국의 괴물들이 밀리기 시작했고, 어두운 색의 갑옷을 입은 기사들은 꼬리가 여러개 달린…… 쉽게 말하자

면 전설 속에서나 보았던 구미호처럼 미모가 뛰어난 남자와 여자들이 막아 냈습니다. 그리고 밖은…… 저도 잘 모르겠지만, 리자드맨과 고블린, 그리고 처음 보는 리자드 보어라는 몬스터들이 우리를 도왔습니다.]

[그, 그게 말이 된다고 생각하시나요? 몬스터는 애초에 유저들을 공격하게 설정이 되어 있지 않았던가요?]

레베카가 눈을 동그랗게 하고 묻자 샤벨트는 손가락을 이리저리 저었다.

[아니요. 등장한 몬스터들은 오로지 제놈 왕국의 이들만 공격했습니다. 마치 누구의 명령이나 부탁을 받은 것처럼 말이죠. 비록 흐리긴 하지만 여기 동영상도 있습니다. 보여드릴까요?]

[그럼 부탁드리겠습니다.]

그라노스의 말에 샤벨트가 고개를 끄덕이며 파일에서 동영상을 꺼내 재생시켰다.

그리고 나오는 동영상.

그것을 지켜보던 드란이 멍한 표정을 지으며 들고 있던 리모콘을 바닥에 떨어트렸다.

"왜 저게 여기에 나온 거야?"

처음에는 제놈 왕국을 어찌어찌 상대해 나갈 수 있었지만, 중반에 이르자 키메라즈라는 괴물과 알 수 없는 흑기사라는 기사들에게 밀리기 시작했다. 너무도 밀린 나머지 거의 포기를 생각했을 때쯤, 전투의 흐름을 송두리째 바꾸는 일이 일어났다.

쿠구구구궁—

땅이 울리며 등장한 두더지들, 그것도 기계에 탑승한 채 드릴로 유저들을 갈아 죽이는 모습은 공포스러움을 자아냈다.

또 그뿐인가? 전투력이 월등히 강해 보이는 흑기사들이 가세를 하려 하자 등장한 꼬리 5개를 달고 있는 남성들과 여성. 그들의 외모는 한순간 인간을 홀릴 정도로 아름다웠으며, 실력 또한 월등히 강했다. 그 강했던 흑기사들을 일격에 날릴 뿐만 아니라, 여러 가지 속성의 마법을 입에서 연신 불어 댔으니 말이다.

한편 이내 성안의 장면이 사라지고 이번에는 성 밖이 찍혀 나왔다.

여전히 물량적으로 많은 제놈 왕국이 성안으로 꾸역꾸역 몰려들고 있을 때, 뒤에서 등장한 대량의 리자드맨과 고블린들. 또한 그들은 알 수 없는 처음 보는 몬스터인 리자드 보어라는 몬스터에 탑승한 채 등장했는데, 처음 이루어진 공격은 리자드 보어들이었다.

리자드 보어의 공격은 입을 벌리며 나온 제법 화력이 강한 불이었는데, 하나 정도라면 견딜 수 있겠지만 그것이 여러 개 중첩되자 그 위력은 드래곤까지는 아니지만, 가히 드레이크급의 브레스와 맞먹었다.

그리고 리자드맨들과 고블린들이 뒤로 합류해 공격을 퍼붓자 제놈 왕국은 가히 파죽지세로 밀리더니 이내 패배를 하고는 소수만이 도망칠 수 있었다.

그리고 동영상이 끝났다.

[이거 정말 대단한데요? 리펙터 월드 사상 최초의 전쟁보다는, 사상최초의 몬스터 역공이 될 거 같은데요?]

[하하, 레베카 님. 그건 저도 동감합니다. 저 그럼 샤벨트…….]

삑.

성진은 그대로 TV를 껐다.

"별의 별 게 다 방송되는구만."

한편 이 동영상은 리펙터 월드의 홈페이지에도 올려져 있었으며, 순위도 2위권에 들어가 있었다.

엄청난 조회 수와 추천 수를 자랑하는 이 동영상의 제목은 '몬스터 역공을 시작하다.'로 시작되어 있었으며, 두더지와 오미호로 불리는 이들, 그리고 리자드맨과 고블린들의 활약성이 그대로 들어가 있었다.

또한 그곳에 걸린 댓글도 엄청났다.

—이거 엄청난데요? 라는 말밖에 나오지 않는 동영상이군요.

—이제는 몬스터도 동료로 쓰는 겁니까? 대단하군요.

—저 오미호의 여성분들은 너무도 아름다우시네요. 내가 10년만 젊었어도.

—나 제놈 왕국이었는데 당장 아이저 왕국으로 가야겠어!

—워님아, 그러다간 당장에 모가지가 달아날 걸요.

—다른 건 다 됐고, 과연 몬스터들을 불러들인 자는 누구일까요?

댓글은 끝에 이르자 점점 추리형으로 바뀌더니 끝내는 몬스터을 불러들인 자를 추측하기에 이르렀고, 그를 각 길드들에서는 서로들 데려가겠다고 티격태격 싸우는 것으로 끝이 났다.

물론 이 일의 주인공인 성진은 홈페이지에 들어가지 않았음으로, 전혀 모른 채 아주 편하게 코를 골며 자고 있었다.

반면 리펙터 월드의 운영진에서는 대판 난리가 났다.

운영진의 팀장을 맡고 있는 차승혁은 윗대가리가 자신을 긁을 생각을 하니 머리가 자동적으로 뽑힐 지경이다.

"아이저 왕국과 라민 왕국의 비리를 밝히는 것까지는 이해가 가. 그런데 대체 이 경우는 뭐냐고!"

그의 소리침에 주변 직원들이 움찔했다.

차승혁이 한 번 빡 돌면 안 건드리는 게 상책이다. 건들였다가는 광견 차승혁으로 불리는 이유를 알게 될 터이니 말이다.

"이건 말도 안 돼. 원래 이렇게 풀려서는 안 된다고."

차승혁이 알기로는 본래 아이저 왕국은 제놈 왕국의 공격에 패망하여, 그대로 제놈 왕국에 흡수되어야 한다. 그리고 이어서 라민 왕국과의 전쟁이 벌어지며, 라민 왕국도 흡수되고, 그 이후로 나머지 세 왕국과 제놈 왕국의 전쟁이 시작되는 것이 본래 진짜 스토리.

하지만 어디에나 궤변이 있기 마련이다.

그런데 맹세코 차승혁은 설마 전쟁에 몬스터의 투입을 생각하는 유저가 있을 거라고는 생각지도 못했다.

아마 이렇게 가다가는 자신의 야근과 윗대가리의 긁힘은 당연지사인 일. 윗대가리들이 하는 말을 생각하자니 벌써부터 머리가 지끈지끈거린다.

하지만 짜증나는 일을 계속 생각해 봤자, 짜증만 나지 무엇이 나아지겠는가.

"이봐 너희들! 지금 당장 이 일의 원인을 조사해 보도록!"

# 제15장
## 반인반수 사티로스

드란은 접속하자마자 들리는 음성에 귀가 따가웠다.

제놈 왕국의 선전포고 퀘스트가 완료됐습니다.
제놈 왕국의 공격을 막아 내신 영웅들에게 높은 공헌도를 치하합니다. 또한, 그대는 몬스터인 리자드맨과 고블린, 그리고 두더지와 오미호라는 이들을 이끌어냈습니다. 그들이 죽인 제놈 왕국의 이들의 공헌도의 5%가 당신에게 추가로 적용되었습니다.
〈〈공헌도 +1,000(몬스터들에 의한 추가 공헌도 +4,500)〉〉

보상을 보는 드란의 눈이 밝아졌다. 사실상 자신이 공헌을 한 것은 1,000에 불과했지만 몬스터들에 의해 받게 되는 공헌도는 5%였음에도 불구하고 무려 4,500이나 되었다. 그러니 100%라면 무려 9만에 달하는 것이다.

뭐 그렇다고 해서 드란의 공헌도가 가장 높은 것도 아니었다. 아이러니하게도 공헌도가 제일 높은 이는 다름 아닌 두더지족의 행동 대장인 아토였던 것이다.

하지만 몬스터들은 전쟁이 끝난 직후 각자 자신들의 마을로 돌아갔으니 현재 아이저 왕국에서 공헌도가 제일 높은 이는 드란이 되었다.

"그냥 아이템으로 주지."

이제는 남작이 되어서인지 공헌도보다는 아이템 쪽에 욕심이 커지고 있는 드란이다.

하지만 공헌도 5,500도 사실상 자작이 되기에는 한참이나 멀고도 멀었다.

드란은 우선 전쟁으로 인해 얻게된 부산물들을 확인하기 위해 인벤토리를 살펴보았다.

612골드 77실버 42쿠퍼(리자드맨의 증표(귀속)), 칠미호의 털(귀속), 잡템X637, 리자드 언월도, 저주받은 단검 노스텐(귀속), 힘의 건틀릿, 번개의 류트, 유저들의 생간X46, 일반 몬스터들의 생간X167, 흑기사의 검은 생간X10, 키메라즈의 기형 생간X3, 땅굴 지렁이X10, 612골드 77실버 42쿠퍼.

전쟁으로 인해 많이 챙길 수 있던 것은 당연 잡템들과 골드들이었다. 물론 유저들의 생간들과 알 수 없던 몬스터였던 흑기사와 키메라즈의 생간들을 얻게 된 점이 드란으로서는 더더욱 좋은 일이었고 말이다.

드란은 그밖에도 얻게 된 힘의 써클릿과 번개의 류트라는 아이템을 살짝 확인해 보았다.

**힘의 건틀릿(마법 SSS)**

전사들이 즐겨 장착하는 건틀릿. 무게를 제법 가지고 있기에 로그 같은 직종이 장착할 시 패널티가 작용된다. 차게 되면 힘이 불끈 증가하는 것이 느껴진다.

내구력:62/80　방어력:15

사용 제한:힘 80 이상, 민첩 10 이상.

옵션:힘 +15, 공격 속도 —35%, 민첩 —15. 전사계열일 경우 패널티는 무효화된다.

**번개의 류트(마법 SSS)**

번개의 힘이 깃들어져 있는 류트. 이 류트에 일격을 당할 시 재수가 없으면 마른하늘에 벼락이 친다. 가끔 연주할 때에도 번개가 떨어져 주인을 죽음으로 몰고 갔다는 소문이 있는 악기이다.

내구력:22/30　공격력:1~50

사용 제한:음유시인, 예술 50 이상
옵션:공격 시 30%의 확률로 적에게 벼락을 내리쳐 1~100의 추가 데미지를 입힌다.(비가 오는 날에는 확률이 100%가 된다.) 악기 연주 시 1%의 확률로 자신에게 벼락을 내리쳐 1~100의 데미지를 입는다.(비가 오는 날에는 확률이 10%가 된다.) 예술 +20

"이런 아이템도 있었나? 옵션이 참 어이없고 웃기네."

힘의 건틀릿은 평범한 아이템에 속하면서 등급이 높은 편의 아이템이었지만, 번개의 류트는 말 그대로 위험을 무릅쓰고 연주를 하는 음유시인을 위해 만들어진 듯한 악기인지 무기인지를 모를 아이템이었다. 더구나 비가 오는 날에는 확률이 100%가 되니 잘만 하면 벼락 난타도 가능해 보이지만 음유시인의 특성상 근접 공격을 했다가는 얼마 못가 죽음을 맞이할 것은 당연한 일.

쉽게 말하자면 번개의 류트는 몇몇 이상한 것에 광적인 마니아를 위해 만든 리펙터 월드의 아이템으로 보였다.

물론 이것을 사용하는 사람들은 좀 머리가 이상해야 할 터이고 말이다.

드란은 이 두 아이템을 전부 아이템 경매에 올려 버리기로 마음먹었다. 애초에 힘의 건틀릿은 민첩에 특화된 자신에게 맞지 않았고, 번개의 류트는 음유시인이 아니기에 쓸 수 없을 뿐더러, 쓸 수 있다고 해도 별로 쓰고 싶은 마음이 들지 않았다.

잠시 로그아웃해서 거래 사이트에 두 개의 아이템을 각각 100만의 시작가로 올린 드란은 이후에는 잡템을 처분하기로 마음먹었다.

잡템은 보통 많은 유저들이 NPC에게 팔아치우는 것보다 상인에게 팔아치우는 것이 더 이익이다. 왜냐하면 상인이 더 짭짤하게 돈을 쳐 주기 때문이기도 하지만, 드란은 아는 상인이 얼마 없는 수준이 아니라 완전히 없기에 매번 했듯이 NPC를 통해 판매하기로 마음먹었다.

"쩝, 역시 상인한테 팔 걸 그랬나?"

지원은 잡템을 처분한 결과 약 80골드에 해당하는 돈을 벌어 냈다.

물론 상인에게 판다면 5골드 정도 이익을 볼 수 있었지만 드란은 자신의 얼굴을 별로 알리고 싶은 마음이 없다.

"뭐, 5골드 때문에 시간 낭비도 하기 싫고, 얼굴도 알리고 싶지 않으니까. 좋았어, 그럼 오랜만에 나가 보실까!"

"으드득. 제기랄!"

현재 리펙터 월드에서 대길드에 속하는 아우스의 간부로

있는 라이스는 연신 이를 갈며 분노를 식히지 못하고 있었다.

그런 그의 모습에 몇몇 길드원들은 움찔하며 눈을 깔고 있을 뿐이다. 자신들도 화가 나 있는 광전사 라이스를 건드렸다가는 어떻게 될지 알기 때문이다.

지금 라이스가 화가 나 있는 이유는 너무도 간단했다.

바로 길드 중에서도 중급에 겨우 맴돌고 있는 로그 유저 레스가 자신을 죽인 이유였다. 라이스는 너무도 화가 난 나머지 레스를 찾아가 추궁했다. 하지만 돌아오는 말은 자신이 원하던 답이 아니었다.

"무슨 말이야? 먼저 너희들이 나를 두고 갔잖아?!"

시치미를 떼는 레스의 모습이 신경질이 터진 라이스는 그대로 레스를 죽여 버렸다. 그 덕에 살인마의 표시가 붙어 머더러가 되어 있는 상태이지만, 섣불리 자신을 공격할 유저는 웬만해서는 찾기 어렵다.

계속해서 레스를 몇 번이고 죽이고 나서야 라이스는 진짜로 레스가 자신을 죽인 것이 아니라는 것을 알게 되었다.

"나를 건드린 녀석 중에 목숨을 부지한 녀석은 없지. 각오해라, 무슨 수를 써서라도 찾아낸다."

“키에에엑. 우리들의 보물을 노리는 인간. 죽인다.”

“키에에엑! 죽인다!”

“키에엑, 킁킁. 생선이 먹고 싶다.”

드란은 아이저 왕국의 밖으로 나온 후 주변에 있는 아무 숲이나 들어섰는데, 그곳에서 나타난 코볼트 무리 덕에 제법 돈을 벌 수가 있었다.

“조용히들 하고 죽자. 흙의 술! 반격의 술!”

푸우우우—스악—스악—!

몇 번의 파육음이 들리고 나자 그곳에는 코볼트가 아닌 코볼트의 것으로 추정되는 생간들만이 드란의 입과 인벤토리로 넣어지고 있었다. 총 3마리의 코볼트를 죽여서 얻어진 3개의 생간 중 드란은 생명력과 요력의 회복을 위해 1개를 입에 넣어 으적으적거리며 나머지 2개는 넣었다.

“그러고 보니 코볼트를 봤을 때 고블린이 생각났다니까.”

드란은 처음 코볼트가 숲에서 짠하고 나타났을 때가 생각났다.

그때도 고블린들과 비슷한 ‘키에에엑’ 거리는 귀청 따가운 특유의 소리를 내지르며 등장한 코볼트들은 드란의 검 아래에 무차별적으로 학살당했다. 그리고 나온 자그마한 보석을 본 드란의 눈이 동그래진 이후로는 코볼트들의 죽는 숫자는 기하급수적으로 늘어났다.

[주인, 그런데 그게 맛있어?]

"응? 뭐가?"

으적으적—

[그거, 입에 들어 있는…… 그거 말이야.]

"네가 보기엔 맛있겠니?"

[으읍, 선조들은 먹었다고는 하지만 요즘 아이들은 먹지 않던데. 난 보기만 해도 속이 매스꺼운데…… 대체 왜 먹는 거야?]

"……."

도깨비불의 말에 드란은 잠시 생각에 잠겨들었다.

그러고 보니 잠시 잊었었다. 자신이 생간을 먹는 이유, 바로 영력의 증가 때문이 아니던가. 하지만 요즘 들어서는 주로 생명력과 요력을 회복하려고 할 때마다 인벤토리를 열거나 바로 사냥한 몬스터의 생간을 먹어 댔다.

그리고 그런 생각으로 먹다 보니 이제는 생간을 먹는 데에도 그렇게 부정적인 생각이 들지 않았다.

이것이 바로 반복법의 위대한 위력이란 말이던가.

그렇게 드란이 상념에 빠져 있을 때였다.

쿵—! 쿵—!

푸드드드득—

숲이 울리는 육중한 발소리와 진동에 숲 속에서 잠을 청하던 작은 새나 동물들이 빠르게 달아났다.

"도깨비불! 상황을!"

[알았다.]

도깨비불이 숲의 위로 빠르게 날아올라 주변을 살피더니 이내 큰 소리로 드란을 향해 소리쳤다.

[바로 주인 앞에 오우거 한 마리가 빠른 속도로 접근 중!]

"오우거라고?!"

오우거가 등장했다는 말에 드란의 오감각이 깨어났다.

오우거란 필시 어느 판타지에나 등장하며, 주로 숲 속의 제왕이나 파괴력의 제왕이라 불리는 몬스터이다.

처음 등장하는 오우거의 모습에 드란이 앞을 주시할 때, 풀숲을 뚫고 오우거가 아닌 머리에 두 개의 뿔이 자라 있는 이상한 소년이 튀어나왔다.

"헉헉! 살려 주세요!"

소년은 자지러지는 외침과 함께 체력이 한계에 다다른 듯 그대로 고꾸라졌다. 그리고 그에 이어 등장한 오우거의 모습에 드란은 빠르게 앞으로 쏘아졌다.

"내려쳐라! 번개의 술!"

파지지직—!

내려쳐진 번개가 오우거의 몸을 감싸들었고, 감전에 의한 마비 효과가 발동되었는지 오우거 녀석의 속도가 떠듬떠듬 느려졌다.

하지만 오우거는 거대형 몬스터, 보통의 몬스터라면 마비 효과가 5초간 지속되는 번개의 술이라지만 효과가 꽤나 많이 경감되어서인지 마비는 2초 만에 풀려났다. 그렇지만 마비의 효과로 인한 감전 효과 후유증이 남았는지 오우거의 속도가 조금 둔감해졌다.

오우거를 공격할 수 있는 기회! 자고로 드란의 사전에는 공격의 기회를 놓치라는 법은 없다.

스악— 스악—

드란의 리자드 언월도와 크로커다일 소드가 오우거 녀석의 몸을 긁고 지나갔지만 약간의 피만이 나올 뿐, 오우거에게 심각한 데미지를 입히지는 못했다.

"쿠워어어어! 죽어…… 라!"

마비 효과가 완전히 풀리게 된 오우거가 오른손에 든, 보기만 해도 살벌한 몽둥이로 드란을 향해 내려치는 순간, 드란이 재빠르게 앞발을 모아들었다.

"흙은 모여서 바위가 된다. 흙의 술! 바위로!"

푸아아아— 콰득콰득—

드란의 입에서 나온 흙이 점차 모여서 단단해지더니 이내 제법 큰 바위로 변하였다. 그리고 이내 오우거의 공격이 바위에 적중되었다.

우드드드득—!

바위의 800이나 되는 엄청난 방어력임에도 불구하고 오우거의 묵직한 일격에 다시금 흙으로 화했다.

쉽게 말하자면 방어력이 250 정도인 드란의 경우라면 오우거의 공격 2~3방을 당했다가는 목숨을 잃는다는 소리이다.

꿀꺽.

드란은 이어 침을 삼키며 뒤로 물러났다. 스피드라면 자신 있는 드란이라지만 자칫 잘못했다가는 죽음을 맞이할 수도 있으니 말이다.

뒤로 물러난 드란의 시야에 오우거의 발치에 쓰러져 있는 소년이 보였다.

"일단 구해야겠지. 도깨비불들은 녀석의 몸의 일부분이라도 종속시켜서 봉쇄시켜!"

말을 끝마친 드란은 인벤토리에서 노스텐을 빼 들었다.

콰악—

—저주받은 단검 노스텐의 특수 저주에 걸리셨습니다. 30초마다 2의 영력이 소모됩니다.

웬만하면 노스텐을 사용하고 싶지 않은 드란이었다. 왜냐하면 노스텐의 효과로 인해 오우거의 생간에 패널티가 작용되면 안 되니 말이다. 하지만 그것도 오우거를 해치웠을 때의 이야기. 괜히 아끼다가 똥 된다는 말을 아는 드란은 노스텐의 사용을 마음먹었다.

[무심한 녀석, 얼마 만에 빼 드는 거냐.]

노스텐이 투덜거렸지만, 드란은 그저 씨익 웃음을 날리고는 다시금 쏘아지듯이 오우거에게 달려들었다.

"바싹 익혀 주지, 불의 술!"

화르르르르르륵—!

드란의 입에서 나온 불이 오우거의 몸을 감싸들고 나자 오우거가 고통에 몸부림을 쳐 댔다. 더구나 운이 좋았는지 화상도 적용된 상태.

그런 오우거를 향해 드란이 노스텐을 휘둘렀다.

스아아아악—!

"쿠워어어어!"

영혼을 쥐어 짜는 듯한 고통을 주는 노스텐의 일격을 맞은 오우거가 다시금 날뛰어 댔다. 그리고 그 틈을 타서 뒤에 있던 도깨비불 4마리가 오우거의 왼쪽 다리로 스며들듯 사라졌다.

"쿠, 쿠워어어. 다, 다리가."

오우거의 왼쪽 다리에 들어간 도깨비불 4마리는 오우거의 다리를 종속시켜서 자기들 멋대로 움직이고 있는 상황. 그런 오우거를 향해 드란이 앞발을 모으며 바람의 술을 날렸다.

푸화아아악—!

쿠웅—!

넘어진 오우거의 배 위로 올라간 드란은 씨익 미소 지었다. 그리고 그런 드란의 미소를 본 오우거의 표정은 그대로 굳어져 버렸다.

푸푸푸푹—!

파육음과 함께 오우거의 떨림이 멈추었고 이내 회색빛으로 물들었다. 그리고 마지막으로 오우거의 가슴팍을 드란의 손이 꿰뚫고 나자, 오우거 녀석의 몸은 완전히 사라져 버렸다.

오우거가 거지였는지 오우거가 사라진 곳에는 아이템이 드랍되지 않았다.

"그렇게 고생시켜 놓고 아이템 하나 떨구지를 않냐. 더러운 오우거 같으니라고."

아쉬운 대로 오우거의 생간을 인벤토리에 집어넣고 이어서 노스텐의 장착을 해제하였다.

그렇게 투덜거리며 노스텐을 인벤토리에 넣은 드란은 쓰러져 있는 소년에게로 다가갔다.

"역시…… 인간이 아니었군."

소년의 상태를 살펴본 드란은 소년의 머리 위에 '사티로스 올티' 라고 뜬 글자를 보며 예감이 적중했다는 듯 고개를 끄덕였다.

⁂

"으음…… 여긴 어디지? 천국인 건가?"

"어, 드디어 일어났구나."

"허억!"

잠에서 깨어난 올티는 눈앞에 있는 꼬리 4개에 여우 귀까지 달려 있는 청년을 보고는 기절할 듯이 놀랐다.

꼬리 4개에 여우 귀가 달린 청년은 당연히 사미호인 드란이었다.

"너, 너는 누구야! 나, 나를 건드렸다가는 우리 사티로스 일족에서 가만두지 않을 것이다? 그러니 저, 저리 꺼져!"

"내 이름은 드란이야. 기억 안 나? 오우거한테 쫓기고 있던 걸 구해 준 게 바로 난데?"

드란의 말에 올티는 기절하기 전의 상황을 잠시 떠올렸다. 그리고 이내 밝혀지는 진실에 얼굴이 새파래졌다. 지금 자신이 한 행동은 생명의 은인에게 해서는 안 될 행동이었던 것이니 말이다.

"미, 미안해. 지금 상황에 너무 당황한 나머지…… 정말 미안해."

"아니 그건 됐고. 어쩌다가 여기까지 내려온 거야?"

드란의 물음에 올티는 고심하는 듯한 표정을 짓다가 이내 마음을 다잡은 듯 입을 열었다.

"나는 우리 일족의 사람들이 싫어. 어째서 착한 켄타우로스 일족이랑 싸우는지, 이해할 수가 없어. 그래서 결심했어. 내가 켄타우로스와 사티로스 간에 관계를 화해시키겠다고 말이야. 그런데 그렇게 나오고 몬스터들을 최대한 피하며 왔는데 하필이면 오우거의 눈에 띄어서 미친 듯이 달렸고, 그러다가 기절한 거야."

"켄타우로스?"

드란은 올티의 말에 켄타우로스의 모습을 머릿속으로 그려 보았다. 신화를 보면 사티로스는 염소와 인간이 합쳐진 반인반수이고, 켄타우로스는 말과 인간이 합쳐진 반인반마이다. 그리고 두 종족 모두 호탕하고 난폭한 성격으로 술의 신인 디오니소스를 따르는 종족이기도 하다. 그런데 같은 신을 따르는 두 종족이 싸우다니? 그게 무슨 말이란 말인가?

그런 드란의 궁금증은 올티가 가볍게 풀어 주었다.

"사실 우리 사티로스랑 켄타우로스는 같은 곳에서 함께 살며 서로를 돕고 살았었어. 그런데 갑자기 사티로스와 켄타우로스의 족장님들의 폭주로 인해 행복은 분열되었지. 이유는 나도 알 수 없어. 분명 켄타우로스 쪽에서도 다시 우리 사티로스들과 친하게 지내고 싶어 하는 이들이 있을 거야."

올티는 말과 함께 다짐을 하듯이 손을 꽉 움켜쥐었다.

"그렇다면 올티, 길이 위험하니까 켄타우로스 마을 앞까지 내가 데려다 줄게."

"정말 고마워! 드란!"

환하게 웃은 올티는 앞장서며 켄타우로스의 마을을 향해 빠르게 걸음을 옮겼다. 그러던 중 하나 신기한 점이 있었는데, 바로 올티를 따라갔을 경우에는 언제나 등장했던 코볼트들이 코빼기도 안 보였다는 점이었다.

"헤헤, 우리 사티로스들의 특징이야. 몬스터들의 기척을 느끼고 그곳을 피하며 가는 거지."

그렇게 몬스터들을 피하며 다니기를 2일. 현실 시간으로는 반나절이 흘렀을 때였다. 올티가 흥분한 듯 양쪽 보조개를 빨갛게 물들이며 손가락으로 앞을 가리켰다.

"드디어 도착했어. 켄타우로스의 마을!"

올티의 말에 드란이 눈을 좁게 하여 앞을 뚫어져라 쳐다보려던 때였다.

고개를 앞으로 내미는 드란의 얼굴을 붙잡고 입을 막은 올티가 검지를 까닥거리며 고개를 내밀지 말라는 제스처를 취했다.

"켄타우로스들은 시력이랑 기동력이 엄청나게 좋아. 더구나 성격이 약간 난폭한 면이 있어서 조심히 다가가지 않으면 공격을 당한다고. 그러니까 조용히 나를 따라와 줘."

끄덕.

올티의 설명을 들은 드란은 고개를 끄덕이고는 올티의 뒤를 졸졸 따랐다.

종종걸음으로 몇 번 걸음을 내딛은 올티는 이윽고 걸음을 멈추고 드란을 바라봤다.

"사실 이건…… 드란한테만 말하는 건데 말이야."

"응?"

"우리 사티로스와 켄타우로스들이 분열하게 된 이유, 바로 족장님들의 폭주 때문이라고 내가 말해 주었었지? 그리고 이유는 모른다고 했었고 말이야."

드란은 다시금 고개를 끄덕였다.

"사실 각 마을의 족장님들의 폭주의 이유, 나는 알고 있어. 바로 전날, 족장님들을 찾아온 까만 로브를 입은 사람들…… 그 녀석들 때문에 족장님이 폭주한 게 분명해. 그러니까 드란! 부탁할게! 켄타우로스 족장님의 폭주를 풀어 줘!"

올티의 말과 함께 퀘스트의 알림음이 들려왔다.

> 켄타우로스 족장 칸 매그람과 사티로스 족장 슈렐티의 폭주를 막아라!(몬스터 퀘스트)
>
> 켄타우로스 족장 칸 매그람과 사티로스 족장 슈렐티는 알 수 없는 이들로 인해 감정을 제어할 수가 없게 되어 폭주하게 되었습니다. 그리고 그 결과 합쳐서 살던 사티로스와 켄타우로

> 스들은 분열하게 되었습니다. 족장들의 폭주를 막아 다시 켄타우로스와 사티로스가 화해하도록 하십시오.
> 〈〈난이도:C++, 퀘스트 제한:몬스터 상태의 유저〉〉

"걱정하지 마, 올티. 내가 너희 종족의 행복을 다시 가져다 줄게."

올티의 어깨를 토닥여 준 드란은 이어서 말했다.

"올티, 혹시 켄타우로스의 털 같은 물건이 좀 있을까?"

"아! 여기 여기. 내 친구 델켄의 털이야."

올티가 내미는 갈색 털을 받은 드란은 나뭇잎을 머리에 올리고는 앞발을 모았다.

"둔갑의 술!"

펑―!

―띠링! 둔갑의 술을 사용하여 켄타우로스로 모습을 둔갑했습니다. 켄타우로스들은 높은 기동성을 자랑하는 대신 상태 이상 공격에 약하며, 참을성 또한 다른 이들에 비해 뒤떨어집니다. 그리고 그런 켄타우로스들의 특징을 소량 물려받게 됩니다. 힘 +5, 민첩 +15, 지능과 지혜 ―10, 기동성이 높아 이동속도가 300% 증가합니다. 상태 이상 공격에 당할 확률이 200% 증가합니다. 요술의 힘이 약해집니다.

다그닥—! 다그닥—!!

"마, 말도 안 돼."

켄타우로스, 그것도 자신의 친구였던 델켄으로 둔갑한 드란의 모습을 보는 올티의 눈이 당황함으로 물들었다.

그런 올티를 향해 드란은 싱긋 미소 지었다.

"올티, 너는 사티로스의 마을로 돌아가 있어. 이곳 켄타우로스 족장은 내가 어떻게든 해 볼게."

⁂

올티를 보낸 드란은 바로 켄타우로스 마을로 들어섰다.

마을 안에 들어선 드란의 눈에 망치로 철을 두드리고 있거나 재질이 좋아 보이는 나무와 힘줄로 활을 만들고 있는 켄타우로스들이 눈에 띄었다. 그리고 그와 함께 드란의 눈은 다이아몬드가 빛나듯이 반짝 빛났다.

'타종족의 대장간, 인간 마을에 있는 무기들보다 월등히 뛰어난 능력치를 가진 아이템!'

이미 리자드맨 마을과 두더지 마을에 있는 대장간에서 파는 물건들이 얼마나 효율이 좋은지 알고 있는 드란이다. 더구나 지금 들고 있는 리자드 언월도는 아직까지도 쓰고 있는 무기이니 그 효율이 얼마나 뛰어나다는 것인지를 알 수가 있을 것이다.

'이곳은 켄타우로스족의 마을. 켄타우로스는 다른 플레이어 유저들이 찾기 힘들 정도로 숲 속 깊숙이 숨어 있었지.'

이 말은 즉 돈이 된다는 말이다. 생각을 끝마친 드란은 대장간으로 들어섰다.

탕— 탕— 탕—

츠륵— 츠륵— 츠륵—

드란이 들어섬에도 불구하고 켄타우로스는 작업을 멈추지 않고 계속했다. 그런 그들의 모습에 드란은 말을 붙이려다가 포기하고는 대장간 안에 있는 아이템들의 옵션을 확인했다.

> **일격의 도끼(레어 B)**
>
> 아무리 거대한 바위여도 일격에 부술 수 있는 막강한 파괴력을 지닌 도끼. 이 도끼에 찍히는 순간 어디 한 군데는 포기해야 할 것이다.
>
> 내구력:135/135　　공격력:55~99
>
> 사용 제한:레벨 38 이상, 힘 150 이상
>
> 옵션:힘 +35, 민첩 —10, 공격 속도 —250%

'이건 정말…… 대박이다.'

일격의 도끼라는 제법 날카롭게 생긴 도끼를 만지작거리다가 놓은 드란은 이내 대장간 안에 도끼류와 활류, 지팡이류들을 이리저리 다 만지고는 최고로 뽑히는 물건 3개를 골라냈다.

**필살의 도끼(유니크 F)**

켄타우로스들의 집념이 어린 도끼. 한 방 한 방이 너무도 강력하기에 필살이라는 이름이 붙은 도끼이다.

내구력:190/190　　공격력:88~159

사용 제한:레벨 55 이상, 힘 290 이상

옵션:힘 +60, 민첩 —20, 공격 속도 —350% 스킬 〈필살의 베시〉 사용 가능

**즉사의 활(유니크 F)**

켄타우로스들의 집중이 한군데에 모인 활. 적을 일격에 죽일 수 있기에 즉사라는 이름이 붙은 활이다.

내구력:155/155　　공격력:51~121

사용 제한:레벨 55 이상, 민첩 290 이상

옵션:힘 +10, 민첩 +30, 공격 속도 250% 스킬 〈즉사의 에로우〉 사용 가능

**교류의 지팡이(유니크 F)**

켄타우로스들의 현명함이 깃들어져 있는 지팡이. 주변에 동료들이 있을 경우 능력이 증폭됨으로 교류라는 이름이 붙은 지팡이이다.

내구력:135/135　　공격력:43~86

사용 제한:레벨 55 이상, 지능 240 이상, 지혜 130 이상

옵션:지능 +35, 지혜 +15, 마법 증폭력 30% 스킬 〈교류〉 사용 가능

켄타우로스들의 대장간 안에는 무려 3개나 되는 유니크 아이템이 존재했다. 그것도 하나같이 필살, 즉사, 교류라는 막강해 보이는 이름이 붙어져 있는 유니크 아이템들. 누구나 본다면 침을 질질 흘리고도 남을 아이템이지만, 드란은 포기할 수밖에 없었다.

'어차피 구매하기가 죽도록 힘들겠지.'

포기와 함께 한숨을 내쉬는 드란은 자신의 목에 걸린 대지의 목걸이를 만지작거렸다.

대지의 목걸이도 유니크 F의 아이템이지만 이것을 얻는데 얼마나 힘이 들었는지는 이미 경험해 본 드란이다.

'그러고 보니 지금 이럴 때가 아닌데…….'

올티와의 약속이 기억난 드란은 이내 대장간을 박차듯이 나왔다.

"……."

"……"

그리고 잠시 어벙한 표정을 지었다. 켄타우로스들은 대체로 거의 비슷비슷한 외모를 가지고 있지만 어디 하나 틀린 점이 있기 마련이다.

하지만 현재 자신의 앞에 있는 켄타우로스 한 마리는 드란이 둔갑한 모습과 완전히 똑같다고 할 정도로 비슷했다.

더구나 확실하게 닮은 것은 바로 켄타우로스 머리 위에 뜬 글자였다.

'켄타우로스 델켄' 이라는 글자. 바로 자신이 둔갑을 한 올티의 친구였다.

# 제16장

# 켄타우로스 족장 칸 매그람

"어, 어떻게 나랑 똑같은 모습인 거지?!"

델켄의 물음에 드란은 고개를 이리저리 살피고는 주변에 대장간밖에 없자 조심조심 델켄에게 다가가서 귓속말을 했다.

"혹시 올티라고 아니?"

"오, 올티? 당연히 알다마다. 나의 절친한 친구인 걸. 비록 사티로스이라지만……."

"그런데 왜 친구랑 싸우려 하는 거지?"

드란은 이해가 되지 않았다. 사티로스랑 켄타우로스들은 아직도 서로를 친구로 생각하는 이들이 있다. 하지만 겨우 족장의 폭주 때문에 싸우다니? 족장이 아무리 강하다고 해도 모든 종족이 달려든다면 충분히 이길 수 있을 것이 분명한데 말이다.

하지만 궁금증을 델켄이 가볍게 풀어 주었다.

"족장님에게는 우리 켄타우로스의 감정을 조종하는 특이한 능력이 있거든. 그리고 그건 매번 족장님들이 바뀔 때마다 비밀리에 전수되고 있고 말이야. 아마 그건 사티로스 족장 쪽도 마찬가지일 거야."

골치 아프게 됐다. 세상에 종족의 감정을 조종하는 능력이라니. 하긴, 그러니 올티가 혼자 도망쳐 나온 것이겠지만 말이다.

"그나저나 당신, 당신의 진짜 이름은 뭐야?"

"드란이라고 한다. 자, 그럼 델켄. 지금 마지막으로 질문하지. 너는 평화가 다시 시작되길 바라? 아니면 지금 같은 일이 계속되길 바라?"

"다, 당연히 평화가 시작되기를 바라지!"

"그럼, 그 바람대로 이루어질 거야."

드란은 의미 모를…… 알 수 없는 미소를 지어 보였다.

---

"자, 드란. 이리로 따라와."

다그닥— 다그닥—

델켄은 드란의 걸음을 재촉하며 작은 창고로 걸음을 옮겼다.

그곳에는 켄타우로스 한 마리가 도끼를 한 손에 움켜쥔 채 문지기처럼 문을 가로막고 있었다.

"하르켄 아저씨, 저 델켄이에요."

"그래, 델켄. 어서 오렴. 응? 뒤에 있는 저 녀석은 누구지? 너한테 쌍둥이가 있었냐?"

"저분은…… 드란이라고 해요. 일단 이유는 안에서 차차 설명해 드릴게요. 하르켄 아저씨도 이따가 들어와 주세요."

"알았다. 그럼 들어가려무나."

끼이이익—

꽤 널찍한 입구의 문이 열리자 그곳에는 제법 많은 켄타우로스들이 훈련을 하거나, 밥을 챙겨 먹고 있었다.

"아루켄 아저씨, 겔켄 아저씨, 슈랑켄 아저씨……."

그런 켄타우로스들에게 하나하나 인사를 하는 델켄은 이후에 궁금해하는 드란에게 설명을 해 주었다.

"이곳은 켄타우로스 족장님이신 칸 매그람 님의 폭주를 없애기 위해 만들어진, 쉽게 말하자면 사티로스 일족들과 다시 친하게 지내고 싶어 하는 켄타우로스들이 모인 곳이에요. 숫자는 어른이신 분들이 77마리, 저 같은 어린애들은 10마리 정도예요."

"그 정도 숫자면 충분히 밖에 있는 켄타우로스들을 이길 수 있지 않아?"

델켄이 고개를 저었다.

"밖에 있는 켄타우로스들은 18마리 정도이지만, 거의 다가 칸 매그람 님을 수호하는 엘리트 중에 엘리트예요. 더구나 같은 켄타우로스 일족. 죽일 수는 없어요. 또 칸 매그람 님의 감정 제어 능력이 발동되면 저희들은 다시 칸 매그람 님의 충복이 될 수밖에 없고요. 그러니 아무리 숫자를 늘려 봤자죠."

"그렇다면 방법은 없는 건가……."

"아니요! 있어요. 매번 칸 매그람 님의 옆에 붙어서 알 수 없는 언어로 말을 해 대는 까만 로브를 뒤집어쓴 인간 녀석, 그 녀석이 분명 칸 매그람 님을 폭주시켜서 조종하는 녀석이 분명해요. 그러니 그 녀석만 잡거나 죽이면 되는데……."

"그 전에 엄청난 피해를 입거나, 아니면 감정 제어 능력 때문에 도로 아미타불이 될 수도 있다는 소리이군."

"뭐…… 그렇죠."

"흐음…… 방법이 없을까, 방법이……."

'켄타우로스의 정신을 잠시 흔들 방법. 흐음…… 뭐가

있으려나.'

고심하는 성진의 옆으로 아버지가 터벅터벅 걸어오더니 성진이 앉아 있는 소파에 같이 안착했다.

"성진아, 지난번에 사 준 속옷은 정말 마음에 든다. 하지만 너무 게임에만 자신의 인생을 몰두하지 말았으면 좋겠어."

"네, 알았어요. 아버지."

틱.

성진의 대답이 만족스러웠는지 아버지인 유성호는 말없이 미소 지으며 TV를 켰다.

[준비! 탕—! 다그닥—다그다닥—!!!]

TV를 키고 채널을 돌리던 중 마침 경마장이 나오는 채널이 나오고 있었다. 그리고 경마가 끝나고 난 뒤, 말들이 쉬고 있는 곳 안에 웬 꼬마아이가 들어와서는 '음식'을 말에게 먹으라는 듯이 내밀었고, 말은 그것을 날름 집어삼켰다. 그리고 일어난 일.

[이히히히힝—!!!]

그 '음식'을 먹은 말은 이내 광분했고, 한참이 지나서야 진정할 수가 있었다.

"아이고, 큰일 날 뻔했구나. 저 아이. 말한테 저 '음식'을 먹이려 했다니. 자칫하면 큰일 날 뻔했어."

"응? 아버지, 저게 뭔데요?"

"우리한테는 맛있고 영양 좋은 음식이지만, 말한테는 흉분제가 될 수 있는 '음식' 이거든. 성진이 너도 꼭 알아 두도록 해."

아버지의 말이 끝나고, 성진의 눈이 반짝하고 빛났다.

'그래, 바로 저거야!'

⁂

"푸르르릉."

커다란 막사의 안, 그곳에는 켄타우로스 족장인 칸 매그람이 눈을 까뒤집은 채로 연신 푸르릉거리며 거센 콧바람을 불어 내쉬어 댔다.

그리고 그런 칸 매그람의 옆에는 칙칙한 검은색의 로브를 뒤집어쓴 인간이 의자에 앉은 채 거만한 자세를 취하고 있었다.

"이 침만 질질 흘려 대는 말 앞에서 이러고 있어야 하다니. 이거야 원, 기분 참 잡치는군."

웅웅—!

칸 매그람을 보며 고개를 젓는 인간의 품 안에서 무엇인가가 웅웅거리는 진동과 함께 움직이자, 아까의 거만한 자세를 풀고는 황급하게 품 안에서 수정 구슬을 꺼내어 손으로 슥슥 문질렀다.

그리고 이내 수정 구슬에서 기이한 목소리가 울렸다.

[라킬드, 켄타우로스 일족의 지배는 잘되어 가느냐……?]

"주인님이시여. 모든 것이 주인님의 뜻대로 잘되어 가고 있습니다. 그리고 이제 곧 사티로스 측을 맡은 카르암도 지배가 될 것이라고 말하고 있습니다. 그러니 걱정 마시고 몸을 쉬십시오."

[……그렇다면야. 일 처리를 잘하도록 해라. 목숨을 부지하고 싶다면 말이다.]

"목숨을 걸고 행하도록 하겠습니다."

스으으으—

이윽고 웅웅거리던 수정 구슬의 떨림이 멈추고 기이한 목소리는 사라졌다.

털썩.

자리에 주저앉아 버린 라킬드는 식은땀을 질질 흘리며 한숨을 내쉬었다.

"한시라도 빨리 켄타우로스들을 지배해야겠어. 내 목숨이 위험하다. 칸 매그람!"

드란은 델켄에게 그 '음식'을 구해 볼 수 있을까 물어보았고, 델켄은 힘들겠지만 구해 보겠다고 했다.

그리고 드란은 그사이 창고 안에 있는 켄타우로스들을 바라보며 소리쳤다.

"반갑습니다! 여러분. 아시다시피 저는 켄타우로스의 모습으로 둔갑을 한 구미호의 일족입니다. 여러분에게는 미리 사전에 말을 해 뒀으니 둔갑을 해제하도록 하겠습니다."

펑—!

말을 끝마친 드란이 앞발을 모으고 둔갑의 술을 해제하자 꼬리 4개가 살랑살랑 움직이며 다시금 사미호로 돌아왔다.

그런 드란의 모습에 몇몇 켄타우로스들은 놀랍다는 표정을 지었지만 이내 진지한 표정으로 드란을 바라보았다.

"여러분의 목적은 사티로스와의 친목 도모겠지요?"

"당연하다! 문제는, 족장님만 어떻게 할 수 있다면 좋겠지만 말이다."

"족장님이라면 제가 어떻게든 해 보겠습니다. 그러니 그동안 족장님을 보호하는 엘리트 켄타우로스들을 막아 주실 수 있을까요?"

"그거라면…… 힘들겠지만 어떻게든 해 보겠다."

켄타우로스의 다짐을 받은 드란에게로 델켄이 원하던 물건을 가지고 왔다.

"좋았어, 이거면 돼. 모두 나가도록 하죠!"

다그그닥—!! 다그다닥그닥—!!!

드란의 외침과 함께 켄타우로스들이 창고를 박차고 달려가기 시작했다. 그리고 그들 중 델켄의 등에는 드란이 타고 있었다.

파죽지세로 달려 나간 켄타우로스들의 모습을 발견한 엘리트 켄타우로스들은 우왕좌왕하다가 이내 다시금 진열을 바로잡았다.

"수비 자세로 돌입한다! 놈들을 막아라!"

크그긍—!

엘리트 켄타우로스들은 비록 어쩔 수 없는 사명감 때문에 족장인 칸 매그람을 호위하고 있지만 실질적으로 그들 역시 현재 족장 칸 매그람의 상태가 정상이 아닌 것을 알고 있었다. 하지만 그들은 아무리 족장의 상태가 이상해도, 족장을 보호해야 하는 의무가 있다. 그렇기에 그들은 켄타우로스들이 싸움을 시작하면 전투를 치르되, 희생은 최대한 없는 전투를 했다.

그들의 마음을 아는지 켄타우로스들도 공격을 적극적으로 하지 않고 있었다. 만약 전투 중에 부상을 입은 자가 나오면 즉시 그 자리를 멀쩡한 켄타우로스가 튀어나와 막았다.

그리고 그러는 사이 델켄이 달려가기 시작했다.

"자, 델켄! 내 등을 밟고 뛰어올라라!"

"슈랑켄 아저씨!"

달려오는 델켄의 모습을 본 슈랑켄이 등을 내밀며 외쳤고, 델켄은 슈랑켄의 등을 밟고는 높이 점프했다. 말 그대로 도움닫기를 한 것이다.

"고마웠어, 델켄. 이제 기다려. 평화가 다시 시작될 거야."

델켄의 등 뒤에 타고 있던 드란은 말과 함께 델켄의 등을 밟고 점프했다. 말 그대로 2단 도움닫기 점프. 엄청난 거리를 도약한 드란은 몸을 모으고는 총알처럼 쏘아 내려갔다. 그리고 바닥이 거의 다을 때쯤, 크로커다일 소드랑 리자드 언월도로 바닥을 치고는 충격을 줄이며 낙법을 펼쳤다.

그극— 척.

처음 해 보는 낙법이라 제대로 성공하지는 못했지만, 그래도 어느 정도 데미지가 경감된 듯했다.

그렇게 내려온 드란의 눈에 엘리트 켄타우로스 한 마리가 보였다.

"너는 누구냐, 켄타우로스도 아닌 녀석이 이곳에 오다니. 죽음을 각오한 것이겠지?"

"당신들은 누구의 편이지?"

"…… 무엇 때문에 그런 질문을 하는가?"

"당신들의 진정한 편과 적은 누구지? 폭주해서 미친 족장인 거야? 아니면 저 선량한 켄타우로스들인 거야? 응? 지금 선택해. 당신의 선택에 따라 난 당신을 살릴지 죽일지를 선택하겠어."

드란의 분노 어린 외침에 엘리트 켄타우로스는 잠시 말을 잃었다. 그러기를 잠시, 엘리트 켄타우로스는 한숨을 내쉬었다.

"가라, 그리고 부탁한다. 우리를 대신해서 칸 매그람 님의 폭주를 없애 줘."

엘리트 켄타우로스가 살짝 몸을 옆으로 틀며 길을 내주었다.

내어진 길을 드란은 말없이 뛰었다. 그리고 동시에 인벤토리에서 노스텐을 빼 들며 왼손에 쥐고 있던 리자드 언월도를 집어넣었다.

"저곳이군!"

노스텐을 쥔 드란의 눈에 제법 큰 막사가 눈에 띄었고, 그곳에 족장이 있을 거라 확신한 드란은 더욱더 속도를 내 막사에 몸을 날렸다.

그렇게 들어선 드란의 눈에 붉은빛의 털에 손에는 평범한 켄타우로스들이 사용하는 도끼들과는 질적으로는 달라 보이는 거대한 도끼를 든 켄타우로스 족장인 칸 매그람과 옛날에 언데드 마을 슈렌에서 만났던 쿠벤과 같은 복장의 라킬드라는 흑마법사가 보였다.

그렇게 3명이서 침묵하기를 10초가량, 드란이 먼저 입을 열었다.

"흑마법사? 켄타우로스와 사티로스 족장들의 폭주는 모두 네놈들의 짓인 건가?"

"크크크! 어디서 굴러온 녀석인지는 모르겠지만 네놈이 알 필요는 없다. 어차피 이곳에서 묻혀 죽을 놈이니 말이야. 칸 매그람! 저 녀석을 죽여라!"

"푸르르르릉!!"

라킬드의 명이 떨어지자마자 칸 매그람이 말 특유의 괴성을 질러 대며 드란을 향해 빠른 속도로 돌진해 왔다.

그리고 휘둘러지는 거대한 도끼!

드란은 엄청난 바람을 동반하며 휘둘러진 도끼를 힘들게 피하고는 오른손에 쥐여진 크로커다일 소드를 찔러 넣었다.

푹!

나름대로 급소를 노렸다고 한 공격이었지만, 칸 매그람은 전혀 데미지를 입지 않은 듯, 다시금 도끼를 휘둘렀다.

"이런!"

크기와는 다르게 빠른 속도로 공격해 오는 칸 매그람의 공격에 드란은 몇 번 피하다가 결국 노스텐으로 한 번의 공격을 받아 냈다.

"크윽!"

노스텐의 큰 공격력에도 불구하고, 엄청난 충격파가 드

란을 덮쳐왔다. 덕분에 노스텐을 쥔 왼손은 수전증에 걸리기라도 한 사람처럼 미친 듯이 부들부들 떨어 댔다. 하지만 드란은 꾹꾹 참으며 노스텐을 놓지 않았다.

드란은 왼손을 부여잡으며 뒤로 빠르게 물러났다.

"이히히히힝!"

하지만 칸 매그람의 기동력은 상상 이상이었다. 사기적인 민첩 수치를 자랑하는 드란이었지만, 그것을 무시하는 엄청난 이동속도를 칸 매그람은 가지고 있었다. 또 그뿐인가? 칸 매그람은 묵직한 일격도 쉴 새 없이 날려 대니 어떻게 보면 살인 머신과도 같아 보였다.

결국 힘과 민첩. 모든 것이 밀리는 드란은 요술 쪽으로 나가기로 마음먹었다.

"내려쳐라! 번개의 술!"

파지지직—!

앞발을 모아든 드란의 손에서 번개가 나아가며 칸 매그람을 강타했다.

"이히히힝!!!"

번개에 맞은 칸 매그람의 붉은빛 털이 이리저리 쭈뼛쭈뼛 서 댔고, 그사이 드란은 영계 소환의 술을 펼쳐 4마리의 도깨비불을 소환해 냈다.

"어엇! 저런 소환물이 존재했던가?!"

처음 보는 생물인 도깨비불의 등장에 라킬드가 흥분감에

감싸였다. 흑마법사도 결국에는 마법사다. 그리고 마법사는 호기심 빼면 시체라는 말을 할 정도로 지식욕이 많은 존재들. 그런 그에게 처음 보는 영계의 생물인 도깨비불은 연구의 대상이었다.

"네놈! 꽤나 연구해 볼 만한 가치가 있는 녀석이군! 칸 매그람! 명령을 수정한다. 녀석을 살려라! 단, 팔과 다리는 잘라 버려도 된다! 살아만 있게 해라! 크크킄!"

섬뜩한 명령을 내린 라킬드는 크큭거리며 칸 매그람과 드란을 주시했다.

한편 그런 라킬드의 모습을 무시하며 드란은 연신 앞발을 모아 댔다.

"타올라라! 불의 술! 휘몰아쳐라! 바람의 술!"

화르르르륵—! 푸화아아악—!

거의 동시에 입에서 뿜어져 나간 불의 술과 바람의 술이 합쳐지며 칸 매그람을 공격했지만, 칸 매그람은 꿈쩍도 하지 않은 채 연신 돌진을 해 왔다.

거의 바로 앞까지 온 칸 매그람의 모습에 드란은 한 번 더 칸 매그람과 부딪칠 수밖에 없었다.

콰쾅—! 트드득—!

"크으윽!"

양손에 쥔 검으로 도끼의 끝날들을 막았지만, 그 엄청난 충격은 드란에게 고스란히 전해졌다. 동시에 드란은 온몸이저리는 느낌과 함께 정신이 어질어질했다.

하지만 그런 드란의 상황을 생각도 해 주지 않는 칸 매그람은 다시금 도끼를 들어 올렸다. 분명 다시 일격을 하려는 생각인 것이다.

첫 공격에 이런 상태의 드란이 두 번째 공격을 받는 다면 어떻겠는가? 일촉즉발의 위기 상황!

엄청난 위기였지만, 다행인지 미리 소환해 두었던 도깨비불 4마리 덕에 드란은 위기를 무사히 넘길 수 있었다.

[주인 괜찮아?! 으으! 어서 피해! 녀석의 힘이 장난이 아니야! 우리 4마리가 들러붙어도 겨우 몇 초 정도밖에 못 버티다니! 뭐 이런 괴물 같은 녀석이 다 있어!]

도깨비불 4마리가 몸에 빙의했는지 칸 매그람은 움찔움찔거리면서 도끼를 휘두르지 못하고 있었다. 하지만 그것도 잠시, 도깨비불들이 비명을 지르며 사라지고 나자 녀석은 다시금 몸을 빠르게 움직이기 시작했다.

"푸르르릉!"

엄청난 속도로 연속 공격을 다시 시작하는 칸 매그람의 모습에 드란은 비장의 물건을 사용하기로 마음먹었다.

"제발 나의 생각이 맞기를!"

외침과 함께 인벤토리에서 드란이 빼 든 것은 의외의 물건이었다. 그 음식의 정체는 바로 초콜릿! 달달한 초콜릿이지만, 말한테는 광분을 불러일으킬 정도로 흥분제가 되는 음식이기도 한 것이 바로 쵸콜릿이다.

"자! 먹어라! 말아!"

외침과 함께 드란은 쵸콜릿을 집어던졌고, 던져진 쵸콜릿은 칸 매그람의 입속으로 들어갔다.

"킁…… 킁킁. 이히히히히힝—!!!"

쵸콜릿의 냄새를 맡고 끝내는 먹기까지 한 칸 매그람은 이내 미친 듯이 날뛰기 시작하며 모든 것을 닥치는 대로 부수기 시작했다. 그리고 그것은 얼떨떨한 표정으로 지켜보고 있는 라킬드에게도 적용되었다.

"카, 칸 매그람! 지금 당장 저 녀석을 죽여! 호기심 따위는 상관없어! 지금 당장 죽여 버려!"

"푸르르릉—!"

라킬드의 회심의 외침에도 불구하고 칸 매그람은 들어줄 생각이 없는 듯, 그대로 도끼를 이용해 라킬드를 내려찍었다.

콰드드득—! 우드득!

뼈가 부서지는 섬뜩한 소리와 함께 라킬드는 시체로 변해 버렸다. 켄타우로스 족장을 조종할 정도로 능력이 있는 흑마법사 치고는 허망한 최후였다. 그리고 라킬드가 죽음을 맞이함과 동시에 칸 매그람의 눈이 점차 변화되기 시작하더니, 이내 제정신을 찾은 듯, 도끼를 손에서 놓고는 멍하니 앞을 주시했다.

그런 칸 매그람을 조용히 지켜보던 드란은 슬금슬금 다가가서는 라킬드의 간을 취하고는 외쳤다.

"드디어 끝났다."

✣

"으음……."

하루 종일 게임에 몰두한 성진은 학교에서도 멍한 표정으로 피로를 풀었다. 그런 성진의 기분을 아는지 모르는지 반 아이들은 뜻밖의 소식에 달아오른 상태였다.

"오늘 엄청난 전학생이 우리 반에 온대!"

"응? 남자야? 여자야?"

"내가 듣기로는 여자라고 들었어. 그것도 엄청난 퀸카에다가 부잣집 딸이라던데?"

"에이, 뭐야. 여자라니! 꽃미남을 원했는데 말이야."

"우오오오! 퀸카라. 얼마나 예쁠까, 내가 찜할 테다!"

"안 하는 게 좋을 걸. 부잣집 딸이라는데, 너 같은 녀석을 거들떠보기라도 하겠냐?"

시끄럽게 떠들던 소리도 잠시, 문이 열리는 소리와 함께 담임선생님이 들어왔다. 그리고 그런 담임선생님의 뒤에는 속칭 제멋에 산다는 좌우명을 얼굴에 붙이기라도 한 듯해 보이는 말괄량이 부잣집 딸이 눈살을 찌푸리며 반으로 들어

왔다.

하지만 역시 퀸카라는 소식은 거짓이 아니었는 듯, 눈살을 찌푸리고 있는 상태여도 불구하고 미인에 속했다. 몇몇 남자 학생들은 눈으로 전학생의 얼굴을 꿰뚫겠다는 듯, 뚫어져라 쳐다보기까지 했으니 말 다했다.

'호호호, 역시 남자란 것들이란. 어른이나 어린애나 거기서 거기네.'

한효지는 자신이 가진 외모에 특유의 애교로 아버지나 고위 인사들에게 귀여움을 듬뿍 받는다. 그런 자신이 등장한 것만으로 남학생들은 자신을 뚫어져라 쳐다보니, 왠지 모르게 기분이 좋았다.

하지만 그것도 잠시, 효지의 기분을 상하게 하는 남학생이 포착되었다. 눈에 펜더처럼 다크써클이 짙게 드리운 채로 멍한 표정을 짓고 있는 한 남학생, 바로 성진이었다.

물론 멍한 표정으로 자신을 보는 건 어느 정도 이해가 된다. 어제 밤을 샜다고 생각하면 되니 말이다.

그런 한효지의 옆에서는 자신의 아버지한테 돈을 좀 먹은 담임선생님이 연신 자신을 칭찬하고 있는 모습이 보였다.

"자, 그럼 효지야. 소개를 해 보지 않겠니?"

"네. 제 이름은 한효지라고 합니다. 유명 그룹인 (주)리펙터 회사의 회장님의 딸이랍니다. 그리고……."

막 자신이 준비해 온 말을 꺼내려던 찰나, 멍을 때리던 성진의 고개가 상하로 꾸벅꾸벅 움직여 댔다.

지금 성진의 머릿속에는 단 하나의 생각만이 가득했다.

'졸려, 피곤해. 자고 싶어.'

같은 뜻을 함유하고 있는 단어들. 결국 성진은 책상에 머리를 처박고 잠에 빠져들기 시작했다.

잠에서 깨어나자 성진의 앞에는 영어를 가르치는 외국 선생님이 쉴 새 없이 영어로 떠들어 대고 있었다.

머리를 긁적이며 잠에서 깬 성진은 어느새 3교시의 막바지에 이르렀다는 것을 알게 되었다.

움찔!

그런데 왠지 모르게 뒤에서 싸한 느낌이 성진의 전신을 감싸들었다.

이 기분, 많이 느껴본 기분이다.

'그, 언데드 마을 슈렌에서 느꼈던 그 기분과 완전히 일치하잖아.'

거미가 자신의 몸을 옥죄는 듯한 느낌. 뒤를 돌아보니 검은 긴 머리의 여학생이 자신의 얼굴을 뚫어져라 쳐다보고 있었다.

자고로 여자가 한을 품으면 오뉴월에도 서리가 내린다고 했다.

성진은 자신이 무슨 잘못을 했을까 생각하다가 저 여학생이 오늘 전학 온 여학생이라는 것을 알게 되었다. 이름은 한효지라고 들었던 것 같았다.

하지만 아무리 생각을 해 봐도 자신은 잘못한 게 없었다.

띠리리리링—

결국 그렇게 생각만 하기를 10여 분, 3교시를 끝내는 종이 울려 퍼지면서 점심시간이 시작되었다.

성진은 계속 생각해 봤자 아무런 해결도 안 된다는 생각에 배부터 채우자는 심정으로 가방에서 도시락을 꺼냈다.

그런 성진의 곁으로 전학생이 성큼성큼 걸음을 옮기더니 입을 열었다.

"성진이라고 했던가? 오늘은 너랑 같이 식사하겠어."

털썩 앞자리에 앉았다.

"이름이…… 한……."

"한효지야. 똑똑히 기억하도록 해."

"그래? 내 이름은……."

"유성진, 맞지?"

말을 할 때마다 한효지는 잽싸게 끊어 댔다.

그렇게 성진은 말도 꺼내지 못한 채 밥을 먹는지 뭐를 먹는지도 모른 상태로 점심식사를 끝낼 수밖에 없었다.

그리고 후에 있는 나머지 교시는 잠으로 시간을 때웠다.

수업이 끝나고, 담임선생님이 몇 가지 지도를 했다. 뭐

대부분이 밤길 조심해라, 유흥업소에 들리지 말고 공부해라. 같은 내용이 주를 이뤘고 말이다.

방과 후, 성진은 집에 빠르게 달려가서는 캡슐에 몸을 실었다.

"응? 드란이 왔다!"

"우리에게 평화를 준 영웅!"

"우와아아아아!"

다그다닥—!! 다그그그다다닥—!!

접속과 동시에 켄타우로스들과 엘리트 켄타우로스들이 정신없이 드란을 향해 달려들었다.

몰려오는 말 떼의 모습에 드란의 얼굴이 새파래졌다. 이대로 있다가는 말발굽에 처참히 짓밟혀 환영으로 죽게 되는 첫 유저가 될 수 있는 노릇. 하지만 다행히 그것은 드란에게 다가온 켄타우로스 족장인 칸 매그람 덕에 피할 수 있었다.

"그대가 나의 정신을 일깨워 준 이인가?"

"네, 드란이라고 합니다."

"그렇군. 우리 일족을 대표해 진심으로 고맙다. 호오, 그러고 보니 종족이 사미호라고 들었는데, 전설 속에 숨어 지내는 구미호 일족의 사람인 듯해 보이는군."

"구미호의 일족을 아십니까?"

"그럼 알다마다. 우리의 선조들이 옛날에 구미호의 일족 덕에 목숨을 구할 수 있는 일이 있었거든. 잠시만 기다려 보거라. 여기 어디다 두었을 텐데."

칸 매그람은 몸을 뒤적거리다가 하나의 물품을 꺼내었다. 크기는 아주 작은 구슬이었는데, 붉은빛의 짙은 피가 덕지덕지 묻어 있는 것이 약간 꺼림칙스러웠다.

"옛날 우리 일족을 도와준 구미호 일족의 오미호였던 자가 남긴 물건이다. 나한테는 필요 없으니, 그대가 가져가거라."

**여우 구슬(특수 ―퀘스트)**

구미호 일족이 성인식을 치르고 나면 얻어지는 영력의 집합체인 여우 구슬. 듣기로는 영계의 힘이 깃들어졌다고 하지만 다룰 수 있는 것은 구미호 일족들뿐이다. 안에 수많은 영력을 함유하고 있으며, 이야기를 감추고 있다.

제한: 오미호

"여우 구슬?"

특수 아이템이기도 하면서 퀘스트 아이템이기도 한 여우 구슬에 드란은 고개를 갸웃거리면서도 인벤토리 안에 집어넣었다.

더구나 여우 구슬의 제한은 오미호, 말 그대로 구미호의 일족이 아니라면 사용할 수도 퀘스트를 받을 수도 없다는 이야기이다.

"드란, 나의 등에 타도록 해라."

칸 매그람의 말에 드란은 망설임 없이 등에 타올랐다.

"그럼, 지금부터 사티로스의 마을로 전력 질주하도록 한다. 가자! 행복을 되찾으러!"

"디오니소스 님의 가호가 있기를!"

"우와아아아아!"

"내, 내가 어떻게 되었던 거지?"

"이제 다 됐네, 슈렐티. 그대와 내가 정신을 차렸으니 이제 다시 행복은 시작될 것이야."

사티로스의 마을을 향해 전력 질주한 켄타우로스 일족과 드란은 단숨에 사티로스들을 제압했다. 물론 그것에는 사티로스 소년인 올티의 덕도 톡톡히 봤다. 바로 사티로스 족장인 슈렐티가 있는 지름길을 알려 준 덕이다. 그 덕에 사티로스들과 사티로스 샤먼들은 켄타우로스들이 쳐들어 온 것을 늦게 알았고, 도착했을 때는 이미 폭주한 슈렐티는 제정신을 되찾은 상태였다.

"자, 그럼 이 일을 일으킨 녀석을 처리해 보도록 할까요?"

"푸르르릉. 죽을 각오를 하는 게 좋을 것이다!"

"크크크큭! 웃기는군. 기껏해야 말대가리랑 염소 대가리들 주제에! 네놈들이 나를 잡을 수 있을 것 같냐!"

사티로스를 조종하고 있던 또 다른 흑마법사인 카르암은 앞에 있는 수많은 켄타우로스들과 사티로스의 모습에도 주눅 들지 않으며 비아냥댔다. 그 모습에 화가 뻗친 칸 매그람이 도끼를 들고 돌진했지만, 녀석은 블링크로 가볍게 피해 냈다.

"네놈들이 나를 잡기에는 백 년도 이르지. 그럼, 잘 있어라! 멍청한 녀석들 같으니라고! 크큭…… 커억!"

"달아나려면 조용히 달아났어야지."

카르암은 달아나던 중 배에 느껴지는 통증에 고개를 밑으로 내렸다. 그곳에는 기이한 느낌을 주는 단검 하나가 가슴에 틀어박혀 있었다.

단검의 정체는 다름 아닌 노스텐이었다. 그리고 카르암의 배를 찌른 것은 드란이고 말이다.

"크, 크아아아악!"

이윽고 카르암이 비명을 터트리며 절명했고, 드란은 그런 카르암의 배에서 생간을 뽑아냈다.

아쉬운 점이라면 녀석들의 윗대가리들을 알아낼 수가 없었다는 점이었다.

"드란! 정말 고마워!"

"드란, 정말 고맙다. 이 은혜 잊지 않도록 할게."

올티와 델켄은 드란한테 진심으로 고마워했다. 다시는 합쳐질 수 없을 거라 생각했던 사티로스와 켄타우로스 일족의 평화를 다시 가져와 준 것이 바로 드란이니, 어찌 안 고마울 것인가.

"너희들도 앞으로 친하게 지내도록 해. 그럼 잘 있어라."

"어! 어! 드란 아직 가면 안 돼. 잠시 이리로 와!"

"응?"

이제 막 떠나려고 하는데 올티와 델켄이 황급히 드란의 가는 길을 막았다. 그리고는 잽싸게 드란을 델켄의 등 뒤에 태운 다음 달리기 시작했다.

이내 도착한 곳에는 수많은 사티로스들과 켄타우로스들, 그리고 칸 매그람과 슈렐티가 서서 드란을 기다리고 있었다.

"우리에게 평화를 가져다 준 이여, 이리로 오시오."

칸 매그람의 말에 드란은 천천히 그의 앞으로 다가갔다. 그리고 바로 앞에 다다르자 칸 매그람은 짙은 미소를 지으며 물었다.

"그대는 투지의 길을 선택할 텐가? 보필자의 길을 선택할 텐가? 현명함의 길을 선택할 텐가?"

칸 매그람의 말과 동시에 드란의 귓가로 알림음이 들려

왔다.

> 켄타우로스 족장 칸 매그람과 사티로스 족장 슈렐티의 폭주를 막아라! 퀘스트가 완료됐습니다.
> 흑마법사들의 음모로 인해 켄타우로스와 사티로스는 평화를 유지하던 중, 분열을 하게 되었습니다. 하지만 그 분열을 다시 화합으로 만든 당신에게 켄타우로스와 사티로스들은 진심으로 고마워하고 있습니다. 그런 당신에게 칸 매그람과 슈렐티가 보상을 주기를 원하고 있습니다.
> 〈〈칸 매그람과 슈렐티에게 보상 받음〉〉
> 투지의 길 — 칸 레이징 도끼
> 보필자의 길 — 칸 엑셀 활
> 현명함의 길 — 칸 드라이브 지팡이

우선 칸 매그람의 보상. 그것은 3개의 아이템 중 하나를 택하는 것이었다. 보기에 투지의 길은 전사를 뜻하는 듯했고, 보필자의 길은 궁수를 뜻하는 듯 했다. 현명함의 길은 당연히 마법사였고 말이다.

드란은 이 3개의 보상 중 고민할 필요도 없이 보필자의 길을 택했다.

투지의 길을 선택할 경우에는 막강한 데미지를 지닌 도끼를 얻게 된다. 하지만 드란은 힘 위주의 캐릭터가 아니다. 그렇다고 해서 현명함의 길을 택하자니 지팡이는 민첩에 더 특화된 드란에게 맞지 않았다.

결국 고민할 필요도 없이 활이었다.

“현명한 선택이네. 보필자는 모든 이들을 도와주는 길, 이 칸 엑셀 활을 선택한 드란. 모든 이를 도와주는 마음을 가지고 이 활을 사용해 주시게나.”

막 활을 받고 아이템을 확인하려는데 옆에 있던 슈렐티가 재빠르게 다가왔다.

“이제 내가 보상을 줄 차례인 건가? 나는 자네에 대해 자세히 알지는 못하지만, 올티와 칸 매그람의 말을 듣고 어느 정도 알게 되었다네. 참 마음가짐이 좋은 청년이로군. 그래서 결정했네. 그대에게 우리 사티로스들이 가진 축복을 내리기로. 나 슈렐티는 지금 내 앞에 있는 드란이라는 자에게 사티로스들만의 축복을 내리도록 하겠다. 메에에에에―!!!”

사티로스 족장 슈렐티에게서 ‘길의 축복’을 받았습니다.
사티로스들은 그 어떤 곳에 떨어져도 길을 찾아내는 특이한 능력을 가지고 있습니다. 또한, 원하는 경우에는 몬스터들을 가볍게 지나치고 갈 정도로 감각이 무척이나 뛰어납니다. 그런 사티로스들은 자신들이 원할 경우에는 몬스터들을 찾아낼 수도 또는 강한 몬스터의 기운을 느낄 수도 있게 됩니다.

〈〈길의 축복의 효과로 인해 몬스터의 기운을 느낄 수 있게 되었습니다.〉〉

'이, 이게 뭐냐?'

뜻밖에 받은 사티로스의 축복에 드란은 얼떨떨했다. 하지만 이내 무척이나 기뻐했다. 사티로스들만이 가지고 있던 길을 찾는 능력을 얻게 되었다는 소리가 아니던가. 더구나 이제 몬스터들의 기운도 느낄 수 있게 되었으니, 원할 경우에는 몬스터들을 피할 수도, 오히려 찾아갈 수도 있어졌다. 어떻게 보면 유저들이 가지고 싶은 최강의 축복이 바로 이 사티로스의 축복일 것이다.

드란은 너무도 기쁜 나머지 만만세를 부르짖고 싶었으나, 억지로 꾹꾹 눌러 참은 뒤 칸 매그람한테 받은 활의 옵션을 확인해 보았다.

**칸 엑셀 활(유니크 S) ―귀속)**

보필자의 길을 선택한 켄타우로스들 중 영웅을 뜻하는 '칸'이라는 이름을 가졌던 칸 겔키스가 쓰던 활. 듣기로는 크리스탈 사슴의 힘줄로 만들어졌다는 전설도 있다. 거대한 바위도 일격에 부술 정도로 강력한 힘을 가지고 있다.

내구력:195/195　　공격력:71~158

사용 제한:켄타우로스에게 인정을 받은 자

옵션: 힘 +15, 민첩 +45, 공격 속도 300% 스킬 〈엑셀 에로우〉 사용 가능, 1일 1회 온몸에 있는 마나를 사용하여 공격하는 〈마나의 집결〉 사용 가능, (특수 스킬) 1일 1회 온몸에 있는 요력을 사용하여 공격하는 〈요력의 집결〉 사용 가능

칸 엑셀 활도 레전드까지는 아닌 유니크 S등급이었지만, 능력치가 장난이 아니었다. 우선 활을 특성인 엄청난 데미지와 함께 스킬도 2개나 붙어져 있었다. 알 수 없는 것은 자신의 경우에는 마나의 집결이 아닌 요력의 집결이라는 특수 스킬이 생성되어 있다는 점이었다.

그렇게 아이템을 확인하는 사이 슈렐티가 말을 이었다.

"드란, 자네에게 모든 짐을 지는 거 같아 미안하지만, 우리 일족과 켄타우로스 일족들의 부탁을 들어주게나. 바로 우리를 조종했던 그 흑마법사들 말이네. 그것들의 정체를 알아내어 줄 수 있겠는가?"

**슈렐티의 부탁(몬스터 퀘스트)**

사티로스의 족장 슈렐티는 자신들을 조종한 흑마법사들에게 큰 분노를 느끼고 있습니다. 이 기분은 켄타우로스의 족장 칸 매그람도 마찬가지입니다. 자신들을 조종했던 흑마법사들의 정체를 밝혀 주기를 원하고 있습니다. 만약 흑마법사들의 정체를 알게 된다면 켄타우로스와 사티로스들은 발 벗고 도와줄

것입니다.

〈〈난이도: B——, 퀘스트 제한: 슈렐티의 인정을 받은 자〉〉

드란도 마침 흑마법사들의 정체에 대해 궁금했었다.

"맡겨만 주세요."

# 제17장 투기장 트론

"으아아아! 역시 가끔씩 몸도 좀 풀어 줘야 하는구나."

주말을 맞이한 성진은 몸을 풀고는 오랜만에 아침 공기를 맡으며 런닝을 시작했다.

그렇게 한 20여 분을 뛰었을까, 성진은 걸음을 멈추었다. 힘들어서가 아니다. 앞에 있는 의외의 인물 때문이었다.

잠시 어색함이 흘렀다.

"멍멍!"

그런 어색함이 싫은 듯 꽤나 덩치가 있는 강아지가 짖으면서 주인을 독촉했다. 강아지와 함께 산책 나온 이는 바로 정예슬이었다.

"성진 씨?"

"아, 안녕하세요."

예슬의 인사를 받은 성진은 멋쩍게 웃으면서 받아넘겼다. 아무 이야기 거리나 생각해 보려는 성진의 눈에 강아지가 눈에 띄었다.

"그런데 그 강아지는……."

"아, 해피예요. 저희 집 강아지고요. 헤헤."

게임 상에서는 묘족인 예슬의 웃음에 성진은 약간 어이가 없었다. 묘족은 고양이다. 고양이랑 강아지랑은 원래 철천지원수가 아니던가. 하지만 뭐, 성진 자신이 생각해야 할 이야기는 아니었으니, 가볍게 패스해 넘겼다.

"요즘 어떻게 지내세요?"

"그냥, 이번에는 새로운 종족을 만났어요."

"새로운 종족이요?"

예슬이 눈을 동그랗게 치뜨고 무척이나 궁금하다는 표정으로 물었다.

왠지 그런 그녀가 귀엽게 느껴진 성진은 피식 웃으며 이야기를 이어 나갔다.

"아이저 왕국의 숲 속 깊은 곳에 있던 종족들인데 말이죠. 반인반수인 사티로스와 반인반마인 켄타우로스들이에요."

"사티로스? 켄타우로스? 신화에 나오는 종족 맞죠?"

"네. 원래는 둘이 하나의 부족을 이뤘는데, 흑마법사들의 계략 때문에 잠시 분열되었죠. 물론 일은 다 해결되었고 말이에요. 참, 예슬 씨는 어떻게 지내시나요?"

"요즘도 그냥 투기장에 몸담고 있는 입장이죠. 뭐, 그래도 투기장 덕에 실력이 엄청나게 향상되었어요. 그리고 하나 더 놀란 일이 있다면, 흑묘에서 한 단계 진화한 덕에 청묘가 되었어요. 그 덕에 흑안이 청안으로 변해서 능력이 더 상승했고, 추가 스킬로 청 백어택이랑 고양이의 춤도 얻었고요. 그리고 투기장 덕분에 명성도 왕창 올랐고 말이에요. 아마 투기장에서 푸른 머리의 고양이라고 하면 모르는 이가 없을 걸요. 헤헤."

예슬은 투기장이 무척이나 재미있다며 여러 가지 이야기를 더했다.

1시간가량 이야기를 했을 때, 성진이 먼저 일어섰다.

"재미있었어요. 그럼 저는 이만 가 볼게요. 그럼 예슬 씨, 수고하세요."

"성진…… 씨도 안녕히 가세요."

예슬은 뭔가 머뭇거렸지만, 성진은 눈치채지 못하고 그대로 뒤돌아서 걸어갔다. 그런 성진의 모습을 뾰로통한 표정으로 쳐다본 예슬은 짧게 말했다.

"이제…… 반말할 때도 됐잖아. 이 바보야."

집에 도착한 성진은 캡슐의 부가 기능인 컴퓨터를 켜서 리펙터 월드의 홈페이지로 들어갔다. 그리고는 자유 게시판에 들어가 투기장이라는 단어를 치자 꽤나 많은 글이 보였다.

그중 성진은 조회 수가 제법 되는 편의 글에 들어가서는 동영상을 틀어 보았다.

동영상에는 가면을 쓴 두 유저가 대치를 이루고 있었는데, 한 명은 전사로 보였고, 또 한 명은 로그 유저로 보였다.

서로 탐색전만 펼치던 중, 제일 먼저 속도 쪽으로 우위를 점하고 있는 로그 유저가 달려들었다. 로그 유저는 달려가면서 암기로 단검 하나를 투척했고, 전사는 그것을 막느냐고 이어지는 로그 유저의 공격에 무방비 상태가 되었다.

이윽고 로그 유저의 콤보 공격이 들어갔지만, 전사의 묵직한 판금 방어력 덕분에 그리 큰 데미지는 입히지 못했다. 동시에 콤보 공격을 끝낸 로그 유저가 막 피하려는데 전사 유저가 로그 유저의 팔을 억세게 붙잡았다.

전사 유저의 가면 뒤에서 자동적으로 웃는 얼굴이 상상되었다.

이어지는 공격은 전사의 메치기 공격과 크래쉬 크래셔 공격이었는데, 그 두 방을 맞고 로그 유저는 한 번 붕 떠졌다가 이어지는 2타째의 크래쉬 크래셔에 그만 나가떨어져서 지게 되었다.

투기장은 레벨과 능력치보다는 컨트롤에 모든 것이 달렸다고 한다. 이유는 간단하게도 투기장에 나가게 될 경우 자동적으로 능력치가 고정된다고 하니 말이다.

그런 투기장에 성진은 왠지 모를 호기심이 일었다. 성진은 막 캡슐에 몸을 실으려고 하던 중 예슬이 했던 말을 생각해 냈다.

'아마 투기장에서 푸른 머리의 고양이라고 하면 모르는 이가 없을 걸요.'

"푸른 머리의 고양이……."

자유 게시판에 푸른 머리의 고양이라고 치자 꽤나 많은 글이 나타났고, 하나같이 조회 수가 장난이 아니었다.

그것들 중 성진은 최신에 나온 글, 조회 수가 제일 높은 글을 클릭했다.

그리고 그곳에 있던 동영상 안에도 가면을 쓴 두 캐릭터가 있었는데, 한 명의 가면이 이상했다. 평범한 모양의 가면이 아닌 고양이 모양의 가면이었는데, 푸른빛의 머리가 왠지 모르게 기이한 느낌을 자아냈다.

"이게, 레야 님인가?"

레야 님의 상대는 신기하게도 아까 로그 유저를 한 방에 보냈던 전사 유저였는데, 그 유저는 기세등등하게 레야를 쳐다보더니 손짓으로 '컴온' 이라는 듯한 제스처를 취했다.

그에 레야는 살짝 고개를 끄덕이고는 빠른 속도로 전사 유저에게 쏘아지더니 이내 뒤로 팟 하고 이동했다. 그리고는 검에서 푸른빛이 감돌더니 전사 유저에게 일격을 날렸다.

아마 저 공격이 예슬이 말했던 청 백어택이라는 기술인 듯했다.

웬만한 공격에도 넘어지지 않는다는 판금을 두른 전사 유저는 청 백어택을 맞고는 그대로 앞으로 고꾸라졌다. 물론 재빨리 일어나기는 했지만, 레야보다 빠를 수는 없었다.

일어나는 전사 유저에게 레야의 푸른빛의 캣 블레이드가 적중했고, 전사 유저는 제법 데미지를 입은 모습으로 일어났다. 일어선 전사 유저의 가면에 있는 눈에서 독기가 느껴졌다.

훙— 훙—!

전사 유저의 묵직한 둔기가 이리저리 휘둘러지기 시작했다. 그리고 이어서 둔기에 한 점 빛이 어리더니 빠르게 휘둘러졌다. 바로 둔기 계열의 높은 데미지를 뽑아내는 스킬인 크래쉬 크래셔였다.

로그 유저를 단 두 방에 저 멀리 날려 버린 바로 그 스킬!

하지만 그 공격은 레야에게 통하지 않았다. 바로 레야의 몸이 빠르게 움직이면서 공격을 재빠르게 피해낸 것!

아마 저것이 고양이의 춤이라는 스킬 같았다.

비장의 기술인 크래쉬 크래셔가 실패로 돌아가자 전사 유저는 역경직에 빠졌고, 결국 이어지는 레야의 콤보 공격에 패배했다.

"이거…… 정말 엄청난 걸?"

레야의 전투 모습을 본 성진은 왠지 모르게 두근거리는 가슴에 재빨리 리펙터 월드에 접속했다.

리펙터 월드에 접속한 드란은 친구 등록창을 열어서 레야가 접속해 있나 살폈고, 운 좋게도 레야는 접속해 있었다.

[레야 님! 레야 님!]

[으응? 드, 드란 님?]

드란이 귓속말을 하자 레야는 의외의 귓속말에 당황한 듯, 몇 번 되물었다.

[레야 님, 지금 어디 계세요?]

[아. 지금 드미트론에 있어요. 투기장인 트론이 있는 마을이죠. 그런데 무슨 일이세요?]

[아, 마침 할 일이 끝나서 말이에요. 실력도 키울 겸 투기를 해 보려고 하는데. 만나 뵐 수 있을까요?]

[그야 좋죠. 그럼 드미트론에 도착하시면 귓속말 주세요.]

레야의 마지막 말을 끝으로 귓속말은 끝이 났다.

"드미트론, 그리고 투기장 트론이라. 재미있겠는데."

웃음 짓는 드란의 발걸음이 드미트론을 향해 옮겨졌다.

⁂

"드디어 도착이다……."

드란은 저 앞에 보이는 거대한 도시. 드미트론을 보며 한숨을 내쉬었다.

그리고는 무엇으로 둔갑할까 고민하다가 드미트론 안으로 웬 몬스터 유저가 들어가자 눈을 동그랗게 떴다.

이어서 다른 몬스터 유저인 푸른색의 트롤이 들어가려고 하자 드란은 그를 멈춰 세우고 말을 걸었다.

"저 몬스터 유저이신데 어떻게 마을에 들어가시는 거예요?"

"응? 뭐야. 드미트론에 처음 오는 건가? 이곳 드미트론은 투기장인 트론이 있는 곳이면서도, 종족 중립지대다. 말 그대로 몬스터 상태의 유저여도 이곳에서는 공격을 할 수 없지. 공격하는 즉시 경비병한테 잡혀 감옥살이 신세를 지내게 되니 말이야. 흠, 그러고 보니 너는 처음 보는 종족이군. 희귀 종족인가? 뭐 어때, 그럼 드미트론에서 잘 지내보라고."

"아, 감사드립니다."

트롤의 말에 드란은 싱긋 미소 지었다. 사실 매번 둔갑의 술로 자신의 정체를 숨길 때마다 뭔가 찜찜했다. 자신이 무슨 범죄를 저지르지도 않았는데, 뭔가 꺼림칙한 기분이 드는 건 어쩔 수 없었다.

결국 드란은 당당하게 드미트론에 들어설 수 있었다.

드미트론에는 제법 많은 몬스터 유저들을 만날 수가 있었다. 개중에는 웨어울프들도 있었고 거인족도 있었다. 심지어는 거대 개미 유저들까지도 있었다.

이색적인 드미트론의 모습에 신기해하면서도 드란은 다른 유저들도 자신을 신기하게 쳐다보고 있다는 것을 몰랐다. 하긴 꼬리 4개의 여우 인간이라니. 꽤나 궁금증을 유발하는 캐릭터가 아닐 수 없었다.

여하튼 드란은 빠르게 친구 등록창을 열어서 레야한테 귓속말을 날렸다.

[레야 님, 도착했어요. 어디 계시나요?]

[아, 잠시만 기다리세요. 어디 보자. 아! 드미트론의 가운데에 있는 분수대 앞에서 만나도록 해요. 참! 오기 전에 가면 상점에 가셔서 가면 하나 사시는 것도 잊지 마세요!]

[네, 뭐. 알겠어요.]

레야와의 귓속말을 끊고, 드란은 걸음을 옮기면서 제법 가면이 많이 붙어져 있는 가면 상점의 안으로 들어섰다.

"어서 오세요!"

"가면 하나를 마련하려고 하는데요."

"가면이요? 흐음, 그러고 보니 손님. 특이한 종족이시네요. 흐음, 어디 보자. 손님한테 어울리는 가면으로는 이게 딱이네요. 어떠세요?"

주인이 웃으면서 가면 하나를 추천했다. 추천한 가면에는 작은 여우가 얍실한 표정으로 씨익 웃고 있는 모습이 새겨져 있었다. 왠지 가면이 마음에 든 드란은 그 가면을 샀다. 가면의 가격은 1골드 정도였다.

가면 상점을 벗어난 드란은 가면을 인벤토리에 집어넣었다.

보통 가면에는 능력치가 없다. 있는 기능이라고는 주인의 얼굴을 가리는 정도로 사용할 수 있다는 점이다. 하지만 가면은 투기장에서 필수 아이템이었다.

투기장에서 우승을 했다고 하자. 하지만 가면을 착용하지 않아 얼굴을 팔리게 되면, PK. 말 그대로 같은 플레이어 유저한테 킬을 당해 빼앗길 수도 있게 된다.

결국 이렇고 저런 이유로 가면은 투기를 하는 유저라면 어떠한 유저나 착용하는 아이템이 되어 버렸다.

드란은 제법 멋들어진 문양이 새겨진 분수대 앞에서 레야를 기다렸다.

그렇게 몇 분 정도를 기다리고 있을 때였다. 누군가가 등을 두드려서 뒤를 바라보니 그곳에는 긴 푸른 머리와 사파이어 같은 푸른 눈동자를 가진, 그리고 얼굴에 고양이 수염

이 제법 귀엽게 나 있는 유저가 서 있었다.

"헤헤, 오랜만이네요. 드란 씨."

"레야 님!"

레야의 등장에 드란은 희희낙락하며 웃었다.

아마 드란의 귓속말을 하자마자 바로 달려온 듯했다.

"가면은 구입하셨어요?"

레야의 물음에 드란은 인벤토리에서 산 작은 여우의 모양이 새겨진 가면을 보여 줬다.

"호호호. 뭐예요, 이게."

"왜, 왜 그래?"

"무슨 어린아이도 아니고. 호호. 아, 죄송해요."

레야는 자신도 모르게 주책 맞게 웃었다는 생각에 드란에게 빠르게 사과했다. 하지만 얼굴에서는 웃음을 지울 수가 없었다.

"그러고 보니, 드란 씨는 투기장이 처음이신 거 같은데. 맞죠?"

"뭐, 그렇죠."

"좋았어! 그럼 저 레야가 아주 제대로, 아주 확실하게. 가르쳐 드리도록 할게요. 자, 그럼 가 볼까요. 투기장 트론으로!"

말을 끝낸 레야는 가느다란 팔로 드란의 손을 악세게 잡고는 끌고 가기 시작했다. 저 작은 몸에서 이런 힘이 어떻게 나오는지 모르겠다.

이윽고 8여 분 정도 걷고 나자 둥그런 원형 모양의 투기장인 트론이 보였다. 투기장은 드미트론 마을의 대표적인 건물이라 그런지, 그 어떠한 건물보다도 거대했다.

레야는 그곳에 모여 있는 사람들을 헤치고 들어갔다.

"자, 도착이에요. 이곳이 바로 투기장 트론이에요."

"그럼 이제 뭘 어떻게 하면 되는 건가요?"

"뭘 하긴요. 당연히 선수 등록을 해야죠. 아 참, 그 전에 투기장에 대해 설명은 해야겠죠. 투기장은 간단하게 1:1의 개인전과 2:2와 3:3의 팀전으로 나뉘어져요. 보통 한 판만 하고 끝나는 대결이랑 연승을 할 때마다 상금이 높아지는 도전. 그리고 마지막으로 싸우고 싸우다가 후에는 우승을 하는 토너먼트. 이렇게 3가지로 나뉘어져요. 그냥 뭐, 알아두라고요."

"응, 알았어요."

레야는 다시금 드란을 붙잡고 투기장 트론의 안으로 들어섰다. 투기장 트론은 밖에도 그렇지만 안에도 꽤나 많은 유저들과 NPC들이 북적거리며 인산인해를 이루고 있었다.

그런 곳을 유유히 빠져나간 레야는 웬 NPC 앞에 멈춰 섰는데, 아마도 선수 등록을 시키는 NPC인 모양 같았다.

"드란 씨, 이 NPC한테 선수 등록을 하면 돼요."

"네. 저, 선수 등록을 하려고 합니다."

"잠시만 기다려 주세요. 잠시 상태창을 확인해 보도록 하겠습니다."

NPC는 말과 함께 드란의 이마에 손을 댔다.

캐릭터 이름:드란 레벨:48(Exp 32.14%)
칭호:영혼의 구원자, 레드 자이언트 웜 슬레이어, 구원 대장, 최초의 발견자
종족:사미호 명성:300 악명:200
상태:몬스터
계급:아이저 왕국의 남작
생명력:2,050/2,050 요력:2,400/2,400
만복도:100%
힘:157(112+45) 민첩:255(210+35) 체력:98
지혜:75 지능:150 행운:10
보너스 스탯:0
공격력:99~201 방어력:242
마법저항:대지 계열 공격력, 내성 10%
특이 옵션:표피 세트(레어 F) 적용 중

원래 41이었던 레벨이 찰프들을 잡는 퀘스트와 라민 왕국의 오해를 푸는 등등의 일로 2레벨 업을 하게 되어 43, 찰프 번식지의 숨겨진 동굴에서 2레벨 업을 더해 45, 그

리고 왕국 전쟁으로 인해 2업을 더해 47. 마지막으로 켄타우로스와 사티로스의 퀘스트의 완료로 1업을 해 48이 되었다.

잠시 상태를 살피던 NPC는 드란을 향해 물어왔다.

"자격은 충분하군요. 별칭은 무엇으로 하시겠습니까?"

"별칭요?"

"쉽게 말하자면 투기장에서 사용하는 가명이라고 보면 돼요, 드란 씨."

"아, 그렇다면 작은 여우로 하겠습니다."

"작은 여우. 등록이 완료되었습니다. 그럼 명예와 함께하는 투기장에서 실력을 뽐내어 보십시오."

선수 등록을 끝내고 나자, 레아가 싱글싱글 웃으면서 다시금 드란을 이끌었다.

"선수 등록도 했겠다. 이제 투기장에서의 이름을 알려보도록 할까요. 자 어서 시합 등록을 하러 가요."

"자, 잠시만 기다려 봐요."

"에이. 쇳불도 단김에 빼라고 하잖아요. 빨리빨리 하는 게 좋죠 뭐."

결국 이러저러한 끝에 1:1 시합에 등록을 걸어 놨다. 레아가 등록한 것은 뜻밖에 연승을 하면서 상금을 올리는 도전이었다.

드란이 울상을 지으며 레야를 쳐다봤으나, 레야는 여전히 웃으며 말할 뿐이다.

"드란 씨, 힘내세요! 저는 관중석에서 응원할게요!"

레야가 외침과 함께 관중석으로 총총 뛰어갔다. 그런 레야를 살며시 쳐다본 드란에게로 메시지가 들려왔다.

—레벨 49의 플레이어 유저 '악토'가 결투를 신청했습니다. 받아들이시겠습니까?

"받아들입니다."

시합을 받아들인 드란은 가면을 얼굴에 쓴 다음 천천히 시합장의 위로 올라갔다. 그런 드란의 상대 쪽 편에서는 궁수 유저로 보이는 유저가 천천히 걸어 나왔다.

이윽고 드란과 악토, 둘이 시합장에 오르자, 심판의 호루라기의 소리와 함께 결투가 시작되었다.

"아자, 아자! 악토! 이번에도 적을 쥐새끼 몰듯이 몰아버리라고!"

"힘내라 악토!"

작은 여우 레벨 48의 플레이어 유저 0전 0승 0패

악토 레벨 49의 플레이어 유저 17전 14승 3패

"포이즌 트랩! 더블 에로우!"

시합이 시작되자 악토는 재빠르게 바닥 주변에 밟으면 독을 뿜는 포이즌 트랩을 설치하고는 견제용으로 더블 에로우로 화살을 두 발씩 쏘며 드란이 가까이 오는 것을 견제했다. 과연 14승 3패의 화려한 전적을 자랑하는 유저다웠다.

악토는 자신을 주변에 포이즌 트랩을 대략 20여 개 설치하고 나서야 드란을 향해 활시위를 당겼다.

"크큭! 네놈이 이제 발을 디딜 곳은 그 작은 공간뿐이다. 죽어라! 트리플 에로우! 데스 에로우!"

3발의 화살이 먼저 발사되어, 드란이 피할 곳을 막았고 이후에는 막강한 파괴력을 자랑하는 데스 에로우로 드란에게 치명상을 입혔다.

"크흠!"

데스 에로우에 걸려 있는 혼란 상태 유발 효과로 인해 드란은 앞이 어질어질했다. 하지만 그런다고 가만히 보고 있을 악토가 아니었다. 자신은 투기장에서 불리하다고 소문이나 있는 궁수 유저로 무려 14승 3패라는 뛰어난 전적을 보유하고 있다. 그리고 그것은 괜히 나온 전적이 아니다.

"잇트 에로우!"

파캉—!

잇트 에로우에 적중된 드란의 몸이 떠밀렸다. 잇트 에로우의 효과는 바로 밀쳐내기! 어떻게 보면 제일 쓸모없는 공격일 수도 있지만, 트랩 종류와 한 셋트를 이루면 가장 강력한 데미지를 주는 콤보이다.

혼란으로 비틀거리는 드란에게 잇트 에로우가 적중되자 드란은 떠밀려서 그만 포이즌 트랩을 밟아 버렸다.

푸슉— 푸슉—!

밟힌 포이즌 트랩에서 독이 쉴 새 없이 뿜어져 나와 댔다. 그리고 그런 독은 드란에게 지속적인 데미지를 선물했다. 하지만 그와 함께 데스 에로우의 효과인 혼란 상태가 회복된 드란의 머리에 힘줄이 하나 솟았다.

"이게 보자보자 하니까 내가 보자기로 보이나 보네."

"크! 그렇다면 어쩔 건데? 닥치고 이거나 먹으시지. 트리플 에로우! 데스 에로우!"

또 다시 트리플 에로우와 데스 에로우의 콤보가 날아오기 시작했다. 드란에게 큰 데미지를 줬던 2단 콤보! 하지만 당했던 공격에 또 당할 정도로 드란은 멍청하지 않았다.

앞발을 모아든 드란의 눈이 반짝 빛났다.

"복수의 시작이다. 휘몰아 쳐라! 바람의 술!"

푸화아아악—!

드란의 입에서 억세게 강한 바람이 솟구치며 날아오는 화살들은 물론 땅에 깔아 뒀던 포이즌 트랩을 저 멀리 날려 버렸다. 더구나 그중 몇 개는 악토의 몸에 붙어, 되려 주인에게 타격을 주기까지 했다.

"이자식이!"

애써 깔은 포이즌 트랩을 날려 버린 것으로 모자라 자신에게 되려 피해가 오게 하는 궁수 유저로서의 대굴욕을 준 드란. 별칭으로는 작은 여우의 모습에 악토는 이빨을 갈아 대며 활시위를 붙들었다. 하지만 이미 그전에 드란이 더 빨랐다.

"활은 말이지, 이렇게 쏘는 거라고."

단숨에 악토의 코앞까지 달려간 드란은 인벤토리에서 칸 엑셀 활을 빼 들어서는 미리 구입해 두었던 화살을 활시위에 매었다.

바로 앞에서 당겨지는 활의 모습에 악토의 눈이 부릅떠졌다. 뭐, 이런 대담한 녀석이 있단 말인가.

"엑셀 에로우!"

피융—!!!

칸 엑셀 활에 있는 스킬인 엑셀 에로우가 날아가서는 악토의 다리에 박혔다. 그리고 그와 동시에 악토가 손을 번쩍 들었다.

그 뜻을 아는 심판이 재빠르게 시합을 중단시켰다.

"시합 종료! 승리자 작은 여우!"

"와아아아아! 대단한데 저 녀석!"

"작은 여우라고 했나? 이름 한 번 귀엽군! 잘해 보라고!"

관중석에서 시끄럽게 떠들어 댔다. 물론 몇몇은 욕지거리를 내뱉었지만, 그런 소리는 함성에 묻혀 버렸다.

"이봐 너!"

"응?"

"작은 여우라고 했나. 방금 전 플레이, 마음에 들었다. 나도 참고하도록 하지."

악토는 짧게 말을 하고는 뒤돌아서는 걸어갔다. 의외로 뒤끝 없이 시원시원한 성격의 소유자였던 모양인 듯했다.

첫 승리를 경험한 드란은 기분 좋은 얼굴로 미소 지었다. 투기장에 온 후로 처음으로 거머쥔 승리였다.

(주)리펙터 회사의 회장의 딸 한효지는 요즘 들어 자신의 아버지가 만든 게임인 리펙터 월드에 푹 빠져 있었다.

파앗!

"어서 오십시오, 아가씨!"

"오늘은 평안하셨습니까."

게임에 접속하자마자 양쪽에서 두 명의 사람이 한효지, 게임 세상에서는 세리아한테 다가와서 인사를 건네었다.

"응, 베어와 라이온도 평안했어?"

"너무도 평안했습니다."

세리아의 옆에 있는 베어와 라이온은 쉽게 말하자면 한 효지의 보디가드와 같은 이들이었다. 세리아의 직업은 사제, 그리고 보디가드들인 베어와 라이온의 직업은 각각 베테랑급의 실력을 가지고 있는 격투가들이었다.

현재 세리아의 레벨은 45. 베어와 라이온의 밀대에 가까운 파티 플레이 덕에 이렇게 높은 레벨을 단숨에 올린 것이다.

레벨도 충분히 찍은 세리아는 요즘 들어 부쩍 심심했다. 그런 그녀의 기분을 알기라도 하는지 베어가 짧게 물어왔다.

"세리아 아가씨, 심심하시다면…… 혹시 투기장에 가 보실 생각이 있으신지요?"

"투기장?"

"종족 중립지대인 드미트론에 있는 트론이라는 투기장인데, 일종의 결투장이라고 보시면 됩니다. 아마 눈요기하시는 데에는 제격일 것입니다."

"흐음……."

세리아가 고민하는 표정을 짓자 라이온이 재빨리 보조했다.

"저도 그쪽이 더 재밌을 듯합니다. 사실 몬스터들만 잡는 건 지겨우시지 않습니까?"

"호호호, 하긴 그건 그래. 좋아 가 보자. 트론인가 트란인가 하는 곳으로."

⁂

드란은 투기장에서 올린 연승 기록을 보며 약간 미소를 지으면서도 찌푸리는, 모순된 표정을 짓고 있었다.

그런 드란에게 레야가 살며시 다가와 물었다.

“드란 씨, 아쉬워하지 말아요. 투기장에서는 승리 말고도 패배라는 것도 경험을 해야 하니 말이에요.”

“후우, 그렇겠죠.”

한숨을 내쉬는 드란의 현재 전적은 이러했다.

9전 8승 1패.

8연승까지 갔지만, 결국 9번째 시합에서 만난 레벨 51의 플레이어 유저인 ‘탕스’라는 녀석한테 패배를 경험했다. 사실 이럴 수밖에 없는 게, 탕스라는 유저의 전적이 엄청났다는 점이었다.

탕스는 레벨 20때부터 투기장에 붙어선 괴물 중의 괴물이라고 들었다. 그의 전적 286전 193승 93패.

이런 전적을 가진 탕스의 실력은 레야조차도 이길 수 있을지 없을지 모를 정도로 강하다고 했다.

“저도 탕스하고 붙어 본 적이 있는데, 아주 처참히 부서졌었죠.”

탕스는 인간 유저가 아니었다. 종족 선택을 랜덤으로 선택해서, 잿빛의 웨어울프족에 걸린 제법 강력한 종족의 유저였던 것이다. 거기다가 엄청난 실력 보유까지! 얼마나 컨트롤이 뛰어난지 레벨 80의 유저도 이겼다는 말까지 있다.

레아의 말에 드란은 자신이 탕스와 싸웠던 9번째 결투를 생각해 보았다. 우선 처음 만남은 간단했다.

"잘 싸워 보도록 하지, 작은 여우."

"나도 잘 부탁한다. 탕스."

인사는 간단히 끝났다. 물론 관중석에서는 열렬하게 '탕스! 탕스!' 나 '탕스 오빠 화이팅!' 같은 말이 왁자지껄하게 울려 퍼졌지만 말이다.

인사가 끝난 후 심판은 빠르게 결투를 시작했다.

그리고 시작 종이 울림과 함께 탕스는 '아우우우!' 거리는 소리와 함께 달려들었다.

드란의 쌍검과 탕스의 날카로운 손톱이 맞부딪치며 스피드 전투가 시작되었다.

챙챙―!

"후후! 제법 강한 걸!"

"그쪽도 장난이 아니야. 이거나 먹어 보시지. 내려쳐라! 번개의 술!"

파지지직―!

드란의 입에서 나아간 번개 한줄기를 탕스는 고개 숙이는 것으로 피해 내고는 역습을 가했다.

"함부로 마법을 난사하면 안 되지. 핑 커터!"

"하압! 흙의 술! 바위로!"

샤샤샤―!!!

"신기한 마법을 쓰는군, 하지만 막는 방법이 틀렸어. 핑 커터! 핑 커터! 핑 커터!"

"뭐, 뭐야!"

탕스의 손톱 칼날 공격에 바위는 어느새 누더기에 가까워졌고, 충격파로 인해 드란은 경기장 밖으로 떠밀려났다. 경기장 이탈은 말 그대로 패배를 의미하니, 드란은 한 번의 실수로 패배를 경험한 것이다.

드란은 연신 그 상황을 곱씹으며 언젠가 탕스를 이겨 보이겠다고 마음먹었다.

"자, 그럼 드란 씨도 충분히 투기장의 맛을 보셨으니 이제 같이 싸워야죠?"

"예?"

드란이 어리둥절해하는 사이, 레야는 등록 NPC한테 가서 2:2 토너먼트전을 신청해 버렸다.

"하지만 전 아직……."

"괜찮아요. 솔직히 처음하는 거치고 8연승도 대단한 거예요. 알아요?"

결국 이러쿵저러쿵해서 드란은 레야와 팀을 짜고 토너먼

트전에 출전해 버렸다.

✤

"히잉, 이게 뭐야. 베어, 라이온."

"세리아 아가씨, 정말 죄송하게 되었습니다."

세리아는 자신이 장만한 드레스 옷이 얼룩이 잔뜩 묻자 울상을 지었다. 바로 전에 만났던 몬스터인 진흙맨이라는 몬스터 때문이었다.

하지만 진흙맨을 다 죽이고 걸어오자 금방 드미트론에 도착할 수가 있었다.

베어와 라이온은 세리아를 이끌고는 가면 상점에 가서 세리아가 골라 주는 우스꽝스러운 가면 2개를 구입하고는 투기장 트론을 향해 걸어갔다.

등록 NPC 앞에 선 베어와 라이온은 자신들을 선수 등록했다.

그리고는 곧바로 2:2 토너먼트전을 신청했고, 세리아를 바라보며 말했다.

"세리아 아가씨는 저 관중석에 가셔서 저희가 싸우는 것을 구경하시면 됩니다."

"흐응, 그러니까 너희 둘이서 페어로 토너먼트전에 나간다는 소리야?"

"그렇죠. 그럼 잠시만 기다리십시오. 금방 결승전에 오르겠습니다."

토너먼트전을 신청한 지 약 1시간가량의 시간이 지나자 투기장 내에서 방송이 울려 퍼졌다.

[제253차 2:2 토너먼트전이 곧 시작됩니다. 신청하신 분들은 신속히 대기실로 모여 주세요!]

방송에 드란과 레야는 경기장 대기실로 향했다. 그러던 중 드란은 레야한테서 이상한 낌새를 느낄 수가 있었다. 왠지 모르게 굳어져 있는 듯한 레야의 느낌.

"레야 님, 왜 그러세요?"

"그게…… 사실 팀전은 처음이거든요. 하하."

1:1만 하다가 갑작스럽게 2:2를 하게 되니 레야도 긴장되는 것은 어쩔 수 없었던 모양. 그렇다고 어떻게 할 수 없는 입장인 게, 드란 자신도 굳어져 있으니 뭐 어떻게 할 수가 없다.

경기의 대기실은 대충 20명 정도가 들어갈 수 있는 크기가 꽤나 여러 개 자리 잡고 있었는데, 드란과 레야는 그중 13번 방으로 들어갔다.

"그러니까 내가 이렇게 하면 너는 이렇게 하는 거야. 알았지?"

"음, 이건 이렇게 하는 게 좋을 거 같은데."

대기실 안에는 먼저 와 있던 사람들이 서로서로 팀의 콤보에 대해서 연신 연구에 빠져 있었다. 사실 저렇게 연구해 봤자 실전에 들어가면 제대로 쓰지도 못하는 게 대부분이지만.

뭐 그래도 굳어 있는 드란보다는 훨씬 나았다. 옆을 보니 레야는 언제 굳어졌었냐는 듯 다시 활발한 모습이었다.

이윽고 약간의 시간이 지나자 자신과 레야의 별칭인 작은 여우와 푸른 머리의 고양이가 호명됐다.

"응? 작은 여우 씨?"

갑자기 부르는 레야의 모습에 어리둥절한 표정을 지은 드란, 왜 자신을 부르냐는 듯한 표정이었다.

"……저희 별칭이 호명되었는데요. 안 나가실 거예요?"

"아! 죄, 죄송해요."

부드럽게 움직이는 레야와 나무토막처럼 뻣뻣하게 움직이는 드란의 모습은 심히 비교가 되었다.

이윽고 경기장 앞에 섰는데, 경기장의 크기가 제법 크고 널찍했다. 먼저 했던 1:1 도전에 비해 한 4.5배 정도라고 하면 적당해 보였다.

느린 걸음으로 경기장에 오르고, 상대편도 올랐다. 그때 심판이 번쩍하는 빛과 함께 나타났다.

[이번 제253차 2:2 토너먼트의 심판을 맡게 된 하루크라고 합니다. 자, 양선수 모두 앞으로 나와 주세요.]

하루크의 말에 드란과 레야, 그리고 상대편이 앞으로 조금 걸어왔다.

그리고 그와 함께 경기장 전광판에 자신과 레야, 그리고 상대편의 전적이 나타났다.

"푸른 머리의 고양이! 힘내라아!!!"

"예쁜이 힘내라고! 응? 그리고 작은 여우! 너도 힘내라!"

"우리 언니 앞길 막으면 가만 안 둘 거야!"

"제루스와 게루스. 또 엄청난 콤보를 보여 달라고!"

작은 여우 레벨 48의 플레이어 유저 9전 8승 1패

푸른 머리의 고양이 레벨 46의 플레이어 유저 239전 185승 54패

제루스 레벨 51의 플레이어 유저 87전 69승 18패

게루스 레벨 50의 플레이어 유저 87전 69승 18패

"레벨로는 저희가 불리하지만, 콤보 공격으로 대충 짜 맞추면 될 거예요. 그리고 저 제루스와 게루스는 쌍둥이 플레이어인데, 둘 다 로그 유저예요."

"그, 그래?"

"정신 똑바로 차리시지 않으면, 연타 콤보 공격을 그대로 맞으실 거예요. 자, 그럼 가 볼까요?"

"응……."

드란은 그저 정신없이 고개만 끄덕였다.

[자, 모두 시합 시작!]

하루크의 시작 음성과 동시에 제루스와 게루스는 서로서로 지그재그형으로 달려오며 단검 암기를 마구 투척해 댔다.

슈숙— 슈슈슉— 슈슈슈슉—!

쉴 새 없이 날아오는 단검이었지만, 레야는 익숙하다는 듯 가볍게 피해 냈다. 그리고 뒤를 돌아보고는 입을 쩍 벌렸다.

"으아아악!"

[네! 제루스와 게루스 팀이 날린 암기들이 작은 여우에게 적중했습니다! 이거 엄청난 데미지가 예상되는데요!]

드란이라면 단숨에 피할 것이라고 예상했던 레야였지만, 드란은 그대로 가만히 있었던 모양이었다. 결국 레야는 어쩔 수 없이 혼자서 제루스와 게루스를 맞이해야 했다.

챙챙챙—!

레야를 향해 제루스와 게루스가 미친 듯한 콤보 공격을 날려 댔다. 그에 레야는 공격도 못하고 피하기에 연신 바쁘며 스킬을 난사했다.

"고양이의 춤! 청 백어택!"

휘리리리릭—! 홍!

고양이의 춤으로 공격을 피하고 청 백어택으로 단숨에 뒤로 이동해서 제루스에게 공격을 가하려고 했지만, 알기라도 했는 듯 옆에 있던 게루스가 청 백어택을 저지해 버렸다.

"푸른 머리의 고양이 아가씨, 혼자서는 우리를 절대 못 이겨!"

"암암, 맞는 말씀. 우리의 페어플레이를 혼자서 맞는다면 패배 가능성 100%지."

"그럼, 내가 참여했을 때는 0%인가?"

"……?"

뒤에서 들려오는 목소리에 제루스와 게루스의 고개가 돌아갔다. 분명히 암기에 맞아 아직도 출혈 효과 때문에 골골대고 있어야 할 드란이 짙은 미소를 지으며 쌍검을 쥐고 있는 것이 아닌가?

[오오! 골골대던 작은 여우의 부활입니다!]

"작은 여우!"

부활한 드란의 모습을 본 레야가 소리쳤다.

"이거 미안한데, 푸른 머리의 고양이! 가 보도록 할까!"

"좋죠! 고양이의 춤! 캣 블레이드!"

"이익! 데드댄싱! 백어택!"

"그럼 안 되지! 반격의 술!"

트드득—팡!

드란과 레야한테 콤보 공격을 얻어맞은 게루스가 먼저 시합장 바깥으로 휭 하니 날아가며 경기장 이탈로 아웃이 되어 버렸다.

"이런 젠장!"

혼자 남아 버린 제루스가 욕지거리를 내뱉으며 몸에 있던 암기들을 있는 대로 집어던져 댔다. 이게 전부 적중된다면 피가 적은 드란은 아웃될 것이 분명하다. 그리고 혼자 남은 푸른 머리의 고양이라면 자신이 충분히 상대가 가능했다.

"죽어라! 작은 여우!"

제루스가 비릿한 웃음을 지으며 외쳤지만, 아쉽게도 한 번 당한 공격에 두 번 당할 정도로 드란은 멍청하지 않았다.

"너나 뒈져. 휘몰아쳐라! 바람의 술!"

푸화아아악—!

거센 바람이 암기들을 강타했고, 제루스를 강타했다. 그리고 동시에 발동되는 레드 자이언트 웜의 특수 효과! 구역질 효과가 발동되자 제루스가 주저앉으며 연신 코를 막았다.

그리고 그런 제루스를 향해 되려 튕겨져 나간 암기들이 쏙쏙 박히기 시작했다. 이어지는 레야의 캣 블레이드와 청백어택 콤보에 제루스는 결국 아웃이 되어 버렸다.

[좋은 콤보 공격이군요! 냄새가 조금 심하지만, 어찌 됐든 승리자는 작은 여우와 푸른 머리의 고양이에게 돌아갔습니다.]

"잘하셨어요. 그렇게만 하면 돼요."

"이제 맡겨만 달라고요."

드란과 레야가 하이파이브를 했다. 그리고 동시에 울리는 관중석!

"와아아아! 짱이다!"

"콤보 공격! 멋있었다!"

"진작 그랬어야지! 다음 시합도 좋은 모습 보여 줘라!"

토너먼트전에서 1승을 거둔 드란과 레야는 2번째 결투도 가볍게 끝을 봤다. 2번째 결투 상대는 궁수 유저와 전사 유저가 팀을 이뤘는데, 전사 유저를 드란이 상대하는 사이 레야가 궁수 유저를 재빠르게 처치한 후 2:1의 공세로 전사 유저를 경기장 밖으로 아웃시켜 버렸다.

그리고 이제 3번째 결투가 막 시작되고 있었다.

작은 여우 레벨 48의 플레이어 유저 11전 10승 1패
푸른 머리의 고양이 레벨 46의 플레이어 유저 241전 187승 54패
네론 레벨 49의 플레이어 유저 107전 70승 37패
머신L 레벨 50의 플레이어 유저 138전 80승 58패

드란과 레야의 상대인 네론은 마법사 인간 유저였지만, 머신L은 종족 선택을 랜덤으로 해서 오우거가 걸린 오우거 전사 유저였다.

[시합 시작!]

심판의 외침과 함께 제일 먼저 머신L이 드란을 향해 달

려들었다.

“어딜! 반격의 술!”

팡―!

오우거와 전투를 치러 본 경험이 있는 드란은 머신L이 자신에게 가까이 오는 것을 원천 봉쇄시켰다. 그렇게 반격의 술로 날아가는 머신L에게 쏘아져서 따라붙은 드란! 그런 오우거의 뒤에서는 레야 또한 등장했다.

“휘몰아쳐라! 바람의 술!”

“청 백어택!”

푸화아악―! 투캉투캉―!

앞에서는 바람의 술로 날려 버리고 뒤에서는 청 백어택으로 날려 버리는 공격에 머신L이 그대로 갇혀 버려 버둥거렸다. 그 모습에 같은 편인 네론이 재빠르게 수인을 맺으며 소리쳤다.

“파이어 스트라이크!”

화르르륵―! 퍼엉―!

하지만 그것이 오히려 드란과 레야의 노림수였다. 파이어 스트라이크가 날아들자 둘은 날렵하게 피하며 오우거를 파이어 스트라이크가 날아오는 곳으로 뻥하고 차 버렸다.

결국 네론의 파이어 스트라이크의 일격을 맞은 머신L이 비명성을 지르며 통구이가 된 채로 경기장에 떨어져 내렸다.

[와우! 대단합니다. 작은 여우 선수와 푸른 머리의 고양

이 선수! 엄청난 팀플레이로 머신L을 통구이로 만들어 버렸군요!]

심판이 신이 난 듯 외쳐 댔다.

그리고 반대로 머신L은 대굴욕을 받았다는 생각에 이를 갈며 일어났다.

"으드드득! 이봐 네론! 똑바로 못하나!"

"네가 못 피한 걸 어떡하라고! 이 무식한 덩치 자식아!"

네론과 머신L이 서로를 탓하며 싸우는 동안 가만히 보고 있어 줄 착한 드란과 레야가 아니다.

"흙의 술! 바위로! 이거나 먹어라!"

푸후후홍—!

"으아악!"

바위로 변한 흙의 술을 먹은 머신L이 튕겨 날아가며 경기장 이탈로 아웃이 되어 버렸다. 그리고 혼자 남아 버린 네론은 사방팔방을 두리번거리며 드란과 레야를 바라봤다.

"이런 젠장! 인비저빌리티!"

우선은 마법인 인비저빌리티의 투명화 마법으로 몸을 숨긴 네론은 주변을 이리저리 조심스럽게 움직이며 강력한 수인을 맺었다.

'크크큭! 네놈들은 민첩 계열 유저였지. 이거 한 방이면 너희는 골로 갈 거야. 받아라! 파이어…….'

"불의 술!"

화르르르륵—!

드란은 네론이 보이지 않자 결국 경기장 가득하게 불을 내뿜기 시작했다.

"으아아악!"

결국 뜨거움을 참지 못한 네론의 투명화 마법이 풀렸고, 그런 네론에게로 레야가 재빠르게 다가가서는 캣 블레이드로 게임 아웃을 시켜 버렸다.

[네론 선수, 게임 아웃! 이로써 승자는 또 다시 작은 여우와 푸른 머리의 고양이가 차지하였습니다!]

그 무렵, 드란과 레야는 연승 행진으로 승승장구하며, 어느새 준결승전에 올랐는데 그 상대가 아주 아이러니하게도 자신에게 패배를 경험시켜 준 탕스와 마법사 엘프 유저인 아이린이라는 유저였다.

[내 드디어 제253차 2:2 토너먼트전도 거의 막을 내리려고 하는군요! 준 결승전! 엄청난 연승 행진을 하고 있는 작은 여우와 푸른 머리의 고양이입니다!]

드란과 레야 쪽을 소개한 심판은 어이서 탕스에게 시선을 옮겼다.

[그런 상대편도 만만치 않은데요. 바로 투기장의 잿빛 도살자 탕스와 그의 동료인 엘프, 아이린입니다!]

"와아아아아!"

"크르르!"

의외로 쇼맨십을 좋아하는지 탕스가 엄지손가락을 치켜 들었다.

이윽고 두 팀 모두가 경기장에 오르자, 심판이 소리쳤다.

[준결승전! 그럼, 시작합니다!]

작은 여우 레벨 48의 플레이어 유저 14전 13승 1패
푸른 머리의 고양이 레벨 46의 플레이어 유저 244전 190승 54패
탕스 레벨 51의 플레이어 유저 286전 193승 93패
아이린 레벨 50의 플레이어 유저 189전 123승 66패

"이거 또 만나게 되는군, 작은 여우. 이번에는 쓸 만한 실력을 보여 달라고."

"그러지 않아도 보여 줄 테니 기다려. 영계 소환의 술!"

탕스와의 시합이 시작되자 드란은 우선적으로 도깨비불 4마리를 소환해 냈다. 소환된 도깨비불의 모습에 탕스는 '뭔 불빛들이냐' 라는 듯 쳐다보다가 이내 고개를 드란을 향해 돌렸다. 어차피 저런 불빛 따위는 자신에게 큰 데미지를 줄 수 없다고 생각한 결과이다.

"아이린…… 설마 저 녀석이 이곳에 나올 줄이야!"

"응? 아는 놈이야?"

"네, 투기장에 온 후 저한테 처음으로 패배를 안겨 준 녀석이에요. 성격도 얼마나 건방진지……."

웬만해서는 화를 내지 않는 레야가 똥 십은 표정을 지으며 얼굴을 일그러트렸다.

"푸른 머리의 고양이, 이번에는 어떻게 요리해 줄까?"

"아이린, 너……!"

"지난번에는 불로 이겼었으니까 이번에는 얼려 주도록 하지 뭐. 호호호!"

신경전이 이어지던 중, 우선 제일 먼저 탕스가 땅을 차며 드란에게 달려들었다.

"선빵 필승! 핑 슬래시!"

"흐읍! 반격의 술!"

스아—팡—!

탕스의 기습 공격을 반격의 술로 튕겨 낸 드란은 이어서 앞발을 모아 들었다.

"흙의 술!"

파바바박—!

"크아아악!"

입에서 침처럼 발포된 흙들이 탕스의 눈에 파고들어갔다. 뜻밖에 탕스의 눈을 멀게 하는 수확을 얻게 된 드란의 얼굴에 미소가 지어졌다.

[작은 여우 선수의 알 수 없는 기술로 탕스 선수의 눈이

먼 듯해 보입니다. 하지만 탕스 선수한테는 그리 큰 타격이 아닌 듯해 보이는데요!]

심판의 해설대로 탕스는 잿빛의 웨어울프족. 말 그대로 개과에 속하는 늑대이다.

"내 눈을 멀게 한다고 해서 소용이 있을 것 같나!"

탕스는 종족 특성 중 하나인 뛰어난 후각으로 드란을 느끼며 드란의 일격들을 피해 냈다.

"크르르, 찢어발겨 주지! 핑 크래시!"

"이것도 막아 보라고! 흙의 술! 바위로 날아가라! 도깨비불은 녀석의 다리를 묶어!"

콰가가강—!

"헤에, 네 팀도 꽤나 무식한 녀석 같네."

"그렇게 말하는 녀석들이 속은 더 무식하다고 하더라고."

"뭐야! 요것이! 이거나 먹어라! 아이스 니들!"

"고양이의 춤!"

아이스 니들. 땅에 날카로운 얼음의 송곳이 솟아나 상대를 추적하는 공격이다. 그런 아이스 니들이 아이린의 수인에 맞춰서 무려 5개나 솟아났다.

하지만 괜히 민첩 특화 계열의 묘족이 아니라는 듯 레야는 5개의 아이스 니들을 가볍게 피해 냈다. 그리고 이어지는 청 백어택!

하지만 아이린도 괜히 투기장에서의 189번이라는 전적을 가지지 않았다는듯 블링크로 가볍게 청 백어택을 피해 냈다. 그리고 이어지는 수인!

"파이어 에로우! 아이스 니들! 라이트닝 볼트!"

3개의 수인을 가볍게 마친 아이린의 콤보 공격이 레야를 향해 쇄도했다. 꽤나 많은 양의 마법 공격에 레야는 고양이의 춤으로 피해 내 봤지만, 속도가 빠른 라이트닝 볼트 하나가 오른쪽 어깨에 적중됐다.

파지지직—

그렇게 강한 일격은 아니지만, 라이트닝 볼트의 상태 이상 효과인 감전 마비로 인해, 오른손을 1분가량 사용할 수가 없어졌다.

그리고 그 1분이라는 시간은 아이린에게 기회가 되었다.

"이제 끝이야! 익스플로전!"

[위기의 푸른 머리의 고양이 선수! 과연 어떻게 풀어나갈까요?]

아이린이 맺은 강력한 화속성의 마법. 익스플로전이 레야를 향해 날아갔다.

화르르륵—!

하지만 의외로 레야는 씨익 미소를 짓고 있었다.

"작은 여우!"

"알았어! 반격의 술! 바람의 술!"

레야의 외침에 탕스와 육탄전을 펼치던 드란이 돌연 몸을 돌리더니 탕스를 밀쳐 날려 버렸다. 그리고 이어지는 바람의 술!

날아간 탕스의 몸에 아이린의 익스플로전이 그대로 적중되었다.

"크아아악!"

"이, 이게 아닌데……!"

자신의 마법이 탕스에게로 적중되자 아이린이 당황하며 허둥지둥거리다가 이내 다시 마음을 다잡고 수인을 맺었다.

하지만 그것을 가만히 보고 있을 레야가 아니다.

"복수의 시작이다! 캣 블레이드!"

"꺄아악!"

방어력이 약한 마법사의 특성으로 인해 캣 블레이드가 적중되자 아이린은 무려 30%에 가까운 생명력이 줄어들었다. 그리고 이어지는 청 백어택과 캣 블레이드의 연속 공격으로 인해 아이린은 그대로 게임 아웃되어 버렸다.

레야가 그러는 사이, 드란은 익스플로전에 일격을 당한 탕스에게 번개의 술은 선사했다.

파지지직—!

번개의 술과 함께 터진 레드 자이언트 웜의 특수 효과! 구역질이 적용되자 탕스는 마치 취권을 쓰는 중국 무예가처럼 비틀비틀거리며 괴로워했다. 후각이 높으니 그만큼 고통이 더 심할 것이 분명했다.

[우으, 작은 여우 선수! 이빨 좀 닦으십시오! 냄새가 너무 고약합니다!]

"크르르, 차라리 게임 아웃 시켜 줘!"

엄청난 악취에 탕스는 심지어 드란에게 아웃까지 해 달라고 부탁했다.

무척이나 착한(?) 드란은 그런 부탁을 차마 거절할 수 없었고, 반격의 술로 날려 버려서 경기장 이탈로 끝장을 냈다.

[제253차 2:2 토너먼트전 준결승전 승리자는 작은 여우 선수와 푸른 머리의 고양이 선수가 되었습니다!]

# 제18장 베어와 라이온

한편 드란과 레야가 탕스와 아이린을 상대로 승리하는 동안, 따른 편에서는 다른 이들의 준결승전이 펼쳐지고 있었다.

[갑자기 등장한 테크닉 최강! 팀플레이 최강의 무명 격투가 유저들인 테디와 갈기털 선수입니다!]

심판의 외침에 앙증맞은 곰 모양의 가면을 쓴 유저와 주위로 털이 송송 나 있는 가면을 쓴 유저가 올라왔다.

그들은 바로 세리아를 즐겁게 해 주기 위해 투기장 트론으로 온 베어와 라이온이었다.

한편 상대 쪽에서도 선수가 올라왔는데, 둘 다 인간 유저가 아닌 트롤과 고블린이었다. 고블린은 평범한 고블린이 아닌 마스터 고블린으로, 오우거의 머리 위에 타서 조종하는 특이한 종족이었다.

[상대편은 만만치 않은 재생력을 가진 트롤 유저 라이프인 선수와 오우거를 조종하는 마스터 고블린 유저 제플린 선수입니다!]

"키키킥! 무슨 초등학생도 아니고 저런 가면을 산 거야?"

"그르릉, 푭. 그러게 말이야."

"……."

라이프인과 제플린은 우스꽝스럽게 생긴 가면을 쓰고도 당당한 테디라는 녀석과 갈기털을 보며 피시식 미소 지어 댔다.

이윽고 전적을 알리는 전광판이 뜸과 동시에 경기의 시작을 알리는 휘슬이 불려졌다.

"자, 그럼 가 보자…… 어?"

제플린이 자신의 밑에 있는 오우거 빅큽을 움직이며 공격에 나서려는데 녀석들이 시야에서 휙 하고 사라지더니 어느 순간 자신의 앞에 짠하고 등장했다. 말도 안 되는 스피드!

옆을 보니 라이프인한테도 엄청난 속도로 다가와서는 공격을 퍼붓고 있었다.

"이익! 이 녀석이! 빅큽! 뭉개 버려!"

"그워어어어!"

빅쿱이 큰 발을 빠르게 움직이며 밟았지만 이미 상대편, 곰 모양의 가면을 쓰고 있는 테디는 발을 피해서 위로 도약한 상태였다.

그리고는 위에서 빠르게 몸을 돌리며 움직이더니 그대로 제플린을 향해 내려찍는 것이 아닌가?

그 흉흉한 기세에 제플린이 비명을 지르듯이 소리쳤다.

"아아악! 비, 빅쿱! 손을 들어 막아!"

빠르게 명령한 제플린이었지만 이미 늦었었다. 옆에서는 이미 라이프인을 빠르게 게임 아웃시킨 갈기털이 자신에게 쇄도한 상태였다.

"끝이다. 강타!"

"이, 이런 사기 같은……!"

쾅!

제플린의 기억은 거기서 끝이 났다.

[여, 역시 엄청난 테크닉을 보유한 테디와 갈기털 선수! 라이프인 선수와 제플린 선수를 단숨에 물리치고 제253차 2:2 토너먼트전의 준결승전을 승리합니다!]

"테디와 갈기털이라고요?"

"네, 결승전에서 싸우는 상대팀인데요. 실력들이 엄청나다고 하더라고요. 준결승전 때 상대를 3분도 걸리지 않고 승리했다고 해요. 물론 그 전의 승부들도 채 2분을 넘기지 않았고요."

"……그거 완전 괴물 아니에요?"

"괴물 맞아요. 처음 결투를 하는 격투가 유저들인데 테크닉이 장난이 아니라고 해요. 공중에서도 몸을 돌리면서 발차기를 내려찍으니, 정말 엄청난 거죠."

공중에서 몸을 돌리며 발차기로 내려찍는다. 말이 쉽지 실제로 사용하려면 뼈가 아프도록 노력해야 할 것이다. 더구나 직업 또한 격투가! 엄청난 테크닉을 자랑하는 그들이 격투가가 되니 도마뱀한테 날개가 주어져 드래곤이 된 격이다.

"우리가 이길 확률은 어느 정도 될 거 같아요?"

"대충 재 봐도…… 20% 정도가 한계예요. 그 만큼 강하다는 소리죠."

푸념하듯이 말하는 레야의 모습에 드란이 피식 미소 지었다.

"그렇게 쉽게 인정하지 말자고요. 애초에 확률은 확률에 불과하니 말이에요."

"그건…… 그렇죠, 뭐."

"그러니 힘내자고요. 이제 한 번의 승부만이 남았으니까."

❖

“역시 굉장해! 베어랑 라이온이 최고라니까!”

“세리아 아가씨가 마음에 드셨다면, 저희로서는 최고의 영광입니다.”

“원하는 것이 있으십니까, 아가씨?”

라이온의 말에 세리아는 고민할 필요도 없다는 듯 소리쳤다.

“당연히 우승이지!”

“세리아 아가씨의 부탁이라면 그것이 지옥 불에 떨어지라는 것이라도 지켜 내겠습니다.”

베어와 라이온이 동시에 내뱉으며 고개를 수그렸다. 언제나 제 잘난 맛에 사는 한효지의 모습은 다른 이들에게는 안 좋아 보였지만 자신들은 안다. 한효지가 사실은 여린 마음을 가지고 있다는 것을.

5년…… 정도 전의 일이었다.

그때 자신들은 쉽게 말하자면 쓰레기였다. 싸우는 실력이 좀 있다고 설쳐대는 조직폭력배, 하지만 자신들의 조직도 결국 큰 조직한테 집어삼켜졌고 자신들은 끝까지 싸우던 끝에 몸에 치명상을 입어 자칫 불구가 될 수도 있었다.

그렇게 다친 몸으로 2일 정도가 지난 후에도 치료를 받지 못하고 쓰러져 있는 자신을 보고도 몇몇 사람들은 인상을 찌푸리며 갈 뿐이었다. 워낙에 사납게 생긴 자신들의 인상 탓도 있었지만 다른 이들에게 마음을 열지 않았기 때문이다.

하지만 그날 만난 꼬마 소녀 덕에 자신들은 구원을 받았다.

"아저씨들 여기서 뭐해?"

"……넌 뭐냐?"

"응? 공주님!"

"어린아이하고 장난칠 기분 아니다. 저리 꺼져!"

딴에는 사납게 외쳤지만 꼬마 소녀한테는 전혀 먹혀 들어가지 않았다.

"그런 몸으로 무섭게 굴어 봤자 하나도 안 무섭지롱! 베에!"

"……."

소녀는 혀를 날름거리며 임청국(라이온)을 약 올렸다. 그 모습에 옆에 있던 진경환(베어)이 인상을 팍 썼다.

"이봐 꼬맹이! 비록 불구 같은 몸이라고 해도 꼬맹이 하나는 충분히 요리할 수 있다, 이 말이지. 그러니까 뒈지기 싫으면 당장 꺼져!"

"어머, 웃겨! 그래 죽여 봐, 죽여 봐. 그래도 일단 치료는 받아야지. 몸이 그게 뭐야? 아저씨들!"

"아가씨, 어디 갔던 겁니까? 응? 이것들은 뭐죠?"

"다친 사람들이야. 치료해 줄 수 있어?"

소녀의 말에 같이 나온 보디가드는 머리를 부여잡았다.

"하여튼 효지 아가씨께서는 너무 마음이 넓어서 탈이십니다. 기다리십시오. 곧 회사 전용 의료진들을 부르겠습니다."

약간의 시간이 지나자 의사들이 속속 도착했고, 진경환과 임청국은 (주)리펙터 회사에 가서 몸을 치료 받았다.

그날 몸을 치료 받은 자신들은 막상 생각해 보니 할 일도 없었고, 할 줄 아는 거라고는 쌈움질밖에 없었다. 결국 고민에 고민을 거듭한 그들은 하나의 결단을 내렸다.

"우리는 어제까지 쓰레기였다. 하지만…… 꼬맹이 아가씨 덕에 인간이 되었지. 임청국! 너는 어떻할 거냐?"

"진경환, 나와 똑같은 마음이면서 뭘 묻나? 나는 말이지……."

임청국이 뜸을 들이다가 진경환과 동시에 말했다.

"아가씨의 곰 인형이 될 거다. 그리고 쓰레기였을 때의 진경환이라는 이름을 버린다. 지금부터 나의 이름은 베어다."

"아가씨의 사자 인형이 될 거다. 그리고 쓰레기였을 때의 임청국이라는 이름을 버린다. 지금부터 나의 이름은 라이온이다."

▲▼

퍼퍼퍼펑!

결승전다운 무대답게 웬만한 폭죽놀이 안 부러울 정도의 무대 효과를 내 준 경기장으로 두 팀이 입장했다.

꼬리가 4개나 뒤에 자라나 있는 드란과 푸른색으로 도배한 레야, 그리고 한쪽에서는 우스꽝스러운 가면을 쓴 베어와 라이온이었다.

[드디어 제253차 2:2 토너먼트전도 대망의 결승전이군요! 두 팀 다 만만치 않은 전적을 보유하고 있는데요! 아주 재미있는 승부가 갈려질 듯합니다!]

심판의 말을 끝으로 두 팀이 경기장에 오르자 심판이 얼굴 가득 미소를 지었다.

[무슨 말이 필요하겠습니까. 바로 시작하도록 합시다! 시합 시작!]

심판의 시작음과 동시에 드란과 레야는 미리 짜 둔 작전대로 빠르게 쏘아졌다.

'상대 팀은 테크닉이 너무도 뛰어나요. 그래서 섣불리 달려들면 위험하겠지만, 둘이 동시에 달려들어서 한 명을 재빨리 처치하는 거예요. 그리고 남은 한 명도 팀플레이로

잡아내면 되는 거고요.'

레야의 말을 떠올린 드란이 레야를 살며시 쳐다보았다. 그에 따라 레야도 옆을 보며 고개를 끄덕이며 이내 테디와 맞부딪쳤다.

채채챙—!

"흙의 술!"

"캣 블레이드!"

파바바박—! 슈아악—!

단숨에 쏘아진 드란과 레야의 합동 공격이 이루어졌지만, 테디는 가볍게 발돋움으로 뒤로 피해 내고는 되려 역습을 가했다.

"베놈 킥!"

"읍! 반격의 술!"

스팡—!

테디의 베놈 킥을 반격의 술로 받아친 드란은 이어서 불의 술을 날렸다. 그러던 중 옆구리에서 바람이 느껴져 바라보자 그곳에는 갈기털이 자신을 향해 주먹을 날리고 있는 모습이 보였다.

'이런!'

"늦었어. 강타!"

수욱—쾅!

"쿨럭!"

뱃속을 헤집는 듯한 느낌과 함께 허리가 찢어지도록 아파 왔다.

"작은 여우!"

"푸른 머리의 고양이! 걱정 말고 테디를 맡아 줘!"

걱정하는 레아에게 생명력이 제법 떨어진 테디를 맡긴 드란은 갈기털을 바라봤다.

"제법인데?"

"……."

드란이 말했지만 갈기털은 말이 없었다. 그리고 이어지는 신들린 듯한 발차기!

"마하킥!"

슈슈슈슉—!

"흙의 술! 바위로!"

크그그극—

갈기털의 공격은 빨랐지만, 바위의 방어력은 뚫지 못했는지 바위는 흠집만 날 뿐, 부서지지는 않았다.

그렇지만 이어지는 갈기털의 공격에 바위는 결국 산산조각이 나 버렸고, 그사이 앞발을 모아든 드란은 바람의 술로 갈기털을 저 멀리 날려 버렸다.

"콜 자이언트 웜! 콜 고블린 킹 돌고!"

갈기털을 날려 버린 사이 드란은 표피 세트의 옵션인 자이언트 웜과 간을 먹어 생겨난 고블린 킹 돌고를 불러내서 갈기털에 붙인 다음, 자신 역시 갈기털을 향해 쏘아졌다.

“수가 많다고 강한 건 아니지. 강격! 마하펀치!”

수퓽! 슈슈슉―!

“쿠에에에엑!”

강력한 강격과 빠른 마하펀치의 콤보 공격! 제대로 먹은 자이언트 웜이 비명성을 지르며 넘어졌다. 그런 자이언트 웜의 위로 올라가 끝장을 내려는 갈기털의 모습.

하지만 가만히 보고 있을 드란과 돌고가 아니었다.

“끼에엑! 라이징 컷!”

“영계 소환의 술! 도깨비불은 녀석의 다리를 묶어!”

“어딜! 파워펀치! 마하킥!”

[으윽! 이 녀석 너무 강하다! 으아악!]

“끼에에엑!”

공격하려고 달려든 돌고와 도깨비불이 갈기털의 주먹과 발차기에 그대로 역소환되어 버렸다. 그리고 이어서 자이언트 웜을 발로 뭉개서 역소환시켜버렸다.

단숨에 2마리의 몬스터와 4마리의 도깨비불을 역소환시켜 버린 갈기털은 이내 흉흉한 기세로 혼자 남은 드란에게 달려들었다.

“이, 이런! 흙의 술! 바위로!”

파가각―

바위 소환으로 공격은 막았지만, 바위는 처참히 부서져

버렸다. 오우거도 힘겹게 부수는 바위를 일격에 부숴 버리는 격투가의 기세에 드란은 정신을 집중시킬 수밖에 없었다.

"후우우, 녀석을 이길 방법이……."

고심하던 드란의 눈에 어느새 생명력이 빈사 상태에 이른 레야가 보였다.

"푸, 푸른 머리의 고양이!"

드란이 자신의 상황도 모른 채 달려들어서 테디의 공격을 막았다.

그게 화근이었다. 그것을 노려서 들어온 갈기털도 공격에 가담했고, 이어지는 테디의 풍차 돌리기와 갈기털의 강타에 경기장 이탈로 아웃이 되어 버렸다. 단 한 순간에 이루어진 패배였다.

이어서 빈사 상태의 레야도 갈기털의 발차기에 경기장 이탈이 되어 아웃되어 버렸다.

"하하, 완전 괴물들이네."

웬만해서는 사용하지 않는 소환 스킬들도 다 사용했지만, 결국 패배해 버렸다.

[제253차 2:2 토너먼트전의 승리는 테디와 갈기털 선수가 가져갔습니다! 작은 여우 선수와 푸른 머리의 고양이 선수! 아쉽지만 다음 기회를 노리세요!]

⁂

"하하, 결국 져 버렸네요."

드란은 머리를 긁적이며 웃었다. 그런데 왠지 모르게 레야의 몸에서 풍겨오는 기운이 이상했다.

"드란, 아까 왜 날 보호한 거예요?"

"……?"

"절 보호하려고 하지만 않았어도 그렇게 당하지는 않았을 거 아니에요."

"저 혼자 남으면 분명히 졌을 거예요."

"그건 알 수 없는 일이죠. 분명 드란 님의 생명력은 60%가 넘게 남아 있었어요. 더구나 현신을 사용하면 이길 수도 있었다고요."

"……."

이어지는 레야의 추궁에 결국 드란이 두 손 두 발 다 들었다.

"그렇지만 레야 씨…… 아니, 레야가 게임 아웃당하는 건 보기 싫었어."

"네……?"

뜻밖으로 말하는 드란의 모습에 레야의 큰 눈이 더 커졌다.

"그, 그냥 그렇다고. 나 먼저 가 볼게!"

자신이 뭔 말을 했는지 이해가 된 드란이 로그아웃을 했고, 혼자 남은 레야는 멍하니 드란이 사라진 자리를 바라봤다.

⁂

"젠장! 개 같은 라이스 자식!"

"길드 간부라는 녀석이 그렇게 뒤통수를 칠 줄이야! 더구나 라이스를 감싸 도는 길드들의 꼬라지까지! 정말 화가 나 미칠 거 같군!"

"나는…… 나는 말이야! 녀석한테 무려 20번 이 넘게 죽었어! 덕분에 깎인 레벨만 8이 넘어가! 개 같은 놈! 자기를 죽였다나 뭐라나, 사이코 같은 자식!"

마을의 주점에서 4명의 유저가 모여서 서로서로 투덜거렸다. 투덜거리는 이들은 다름 아닌 리베토 일행이었다.

그들은 서로서로 모여서 자신을 배신한 길드의 간부 라이스를 욕하면서도, 그런 라이스를 감싸는 길드까지 욕했다. 다행이라면 다행이랄까, 주점의 주변에는 아우스 길드의 길드원이 없었다.

"그런데 레스, 너는 라이스한테 무슨 이유로 20번이나 죽은 거야?"

"몰라, 내가 자기를 죽였다면서 지랄을 하더라고. 말이

돼? 로그 유저인 내가 마법을 써서는 자기를 죽였다는 거야! 더구나 더 어이없는 건 나보고 이빨 좀 닦으라나 뭐라나! 씨밤바! 나, 만날 이빨 닦는 건치 보유자라고!"

이야기가 갑자기 삼천포로 빠졌다라고 생각한 하룬이 레스의 말을 어느 정도 유추해 내며 물었다.

"그렇다면 레스, 라이스 그 자식의 말은 이거라는 거잖아?"

"응?"

"누군가 너의 모습으로 변신하고는, 변신한 상태 그대로 라이스를 죽였다. 그래서 화난 라이스는 네가 자신을 죽였다고 생각하고는, 너를 막 죽여 댔다는 이야기지."

"허, 참! 어이가 없네. 지는 아무 이유 없이 우리들의 뒤통수를 쳐서 죽여 놓고는."

"조용히 해 봐 아렌, 그렇다면 내가 세운 가설은 이거야. 우리가 그때 함께 갔던 레스는 가짜라는 소리가 되지."

"그게 무슨 소리야?"

"생각해 봐! 그때 레스의 성격이 조금 이상했잖아. 더구나 그때는 눈치채지 못했지만 레스는 옛날 방어구를 장착하고 있었어. 가죽 옷의 특성상 비슷비슷해서 그때는 못 알아봤지만 지금 생각해 보니 확실하게 비교가 되더라고."

리베토가 끼어들며 말했다.

"그러니까 쉽게 말해서, 그때 레스는 가짜였고. 그 가짜 레스가 라이스를 죽였다? 이 소리인 거야?"

"그렇지!"

"그게 뭐 어쨌다는 건데? 가짜 레스라는 걸 알아서 우리한테 이득이 될게 뭐 있어?"

"들어 봐 아렌, 그 녀석은 아우스 길드의 간부인 라이스를 가볍게 해치운 녀석이야. 라이스는 랭킹에 드는 랭커라고! 그런 랭커를 물리쳤다는 소리는 그 녀석도 랭커에 수준에 이르는 녀석이라는 말이지. 이 말은 즉, 강력한 힘을 보유하고 있다는 소리. 그러니까 쉽게 말하자면 말이야……."

"쉽게 말하자면?"

"우리 편으로 끌어들이자는 거지! 강력한 힘을 가지고 있는데다가, 모습을 변화시키는 능력까지 가지고 있어. 그리고 하나 더! 녀석은 리자드맨을 죽이는 걸 꺼림칙해했어. 이게 무슨 말인지 알아?"

하룬의 말에 리베토가 고심하는 표정을 짓다가 이내 소리쳤다.

"리자드맨하고 동료라는 소리야?"

"믿기지 않지만, 그렇다는 이야기이지. 아니면 종족 선택을 랜덤으로 해서 리자드맨이 된 녀석이거나."

"호오, 그거 대단한 녀석인데. 그건 그렇고 그런 사실까지 유추해 내는 너도 참 대단하다 하룬."

"괜히 마법사가 된 줄 알아? 마법사한테는 머리 빼면 시체라고."

하룬이 씨익 미소를 지었다.

"그러면 하룬, 대체 어떻게 한다는 소리야?"

"어떻게 하기는. 우리도 리자드맨들과 친구가 되면 되는 거야. 그러면 그 녀석이랑 만나는 날이 있을 테고, 그때 동료가 되자고 제안하는 거지. 자, 그럼 가자고! 리자드맨 마을로!"

주점을 나가 달려가는 리베토 일행을 쫓는 눈동자가 있었다.

"호오, 그렇단 말이지. 이거 뜻밖의 수확인 걸."

미소 짓는 한 유저의 머리 위로 아우스 길드를 뜻하는 붉은 검 문양의 길드 마크가 반짝 빛났다.

▲

"내가 미친 건가? 대체 왜 그런 소리를 한 거지?"

캡슐 밖으로 나온 성진은 자신이 레야한테 했던 소리를 생각하며 알 수 없는 표정을 지었다.

'그렇지만 레야 씨…… 아니, 레야가 게임 아웃당하는 건 보기 싫었어.'

자신이 왜 그런 말을 했는지 이해가 안 가는 성진이다.

하여튼 이 입이 말썽이다.

성진은 처음으로 느껴진 이 기분이 이상했다. 하지만 싫지는 않았다.

"하아, 모르겠다. 모르겠어."

결국 무슨 기분인지 모르겠는 성진은 이불에 몸을 맡기고 잠을 청했다. 아니 하려고 했다. 하지만 이상하게 잠을 자려고 하면 할수록 오히려 잠은 자신을 거부하듯, 더 오지 않았다.

결국 성진은 소리를 지르며 일어나고는 게임 캡슐을 바라봤다.

"게임이나 할까? 아니야…… 그러다가 레야라도 접속해 있으면. 크흐! 모르겠다. 내가 언제 다른 사람을 신경 쓴 적 있겠어? 접속이나 하자."

고민에 고민을 거듭하던 드란은 결국 게임에 접속했다.

게임에 접속한 드란은 우선적으로 제일 먼저 친구 등록창을 살펴보았다. 다행이도, 레야는 접속해 있지 않았다. 그 대신 이상한 녀석들이 접속해 있었다.

"리베토? 레스? 아렌? 하룬? 누구지?"

잠시 생각하는 듯한 표정을 짓던 드란은 이내 그들이 누군지 알 수가 있었다. 자신이 한때 엘리스로 둔갑했을 때…… 가명으로 샤린이라는 아이디를 사용했을 때, 리자드맨 히어로 하륵을 만나 장렬하게 죽어서 드란에게 생간을 바쳤던 바보 4인방을 말이다.

더구나 후에 가서는 리자드맨 마을을 치려다가 되려 라이스라고 하는 동료한테 배신까지 당했던 바보 중에서도 상바보에 속했던 이들이다.

'이유 없이 10골드까지 주던 녀석들이었지.'

생각하던 드란은 갑자기 좋은 생각이 났다. 마침 투기장도 끝이 났고, 더할 게 없는 상태. 드란은 녀석들을 이용하기로 했다.

"어디 보자. 엘리스의 모습이…… 이랬고 이랬었지. 좋았어, 둔갑의 술!"

펑—!

다시금 엘리스로 모습을 둔갑한 드란은 가명으로 샤린을 사용하고는 녀석들의 리더인 리베토에게 귓속말을 보냈다.

[리베토 님!]

[어엇! 샤린 님이 아니십니까! 정말 오랜만입니다! 그간 평안하셨습니까!]

'진짜 바보가 맞군.'

[지금 어디 계세요?]

리베토를 바보로 생각한 드란은 이내 들려오는 대답에 얼굴빛이 새까매졌다.

[지금 리자드맨 마을에 있어요.]

[리, 리자드맨 마을이요?]

'이 자식들이 아직도 정신을 못 차렸나! 하륵하고 리자드맨들한테 손끝 하나만 대 봐라. 간을 뽑아서 으적으적 씹어 먹어 줄 테니!'

[네, 고기들을 가지고 가니 녀석들이 아주 좋아하는 걸요?]

'응? 이게 뭔 소리야?'

[그게 무슨 말이에요?]

[흐음…… 말해도 될지 모르겠네. 뭐, 샤린 님이니까. 사실 이건 샤린 님한테만 말하는 건데요.]

리베토는 잠시 생각하다가 자신이 가진 생각을 다 말했다. 그 말을 들은 드란은 물론 코웃음을 쳤다.

'그러니까 나를 자신들의 편으로 끌어들이겠다는 소리 아니야?'

웃기는 생각이다. 드란이 바보 4인방으로 들어가서 바보 5인방이 될 생각은 결코 없다. 하지만 리베토가 생각해 낸 생각은 제법 좋았다. 설마 리자드맨하고 친구가 되려는 생각을 하다니. 어떻게 보면 대단했다.

[와아, 대단하신데요? 리자드맨 마을이라고 했죠?]

[네, 혹시…… 오시려고요?]

왠지 기대가 어린 리베토의 말 떨림이었다.

[아마 이곳 일 때문에 가지는 못할 거 같아요. 그나저나 정말 대단하시네요. 아! 저 이만 연락을 끊어야 할 것 같아

요. 그럼 수고하세요.]

[잠시만…….]

틱.

귓속말을 끊고 둔갑의 술을 해제해 버린 드란은 걸음을 리자드맨 마을로 향해 옮기기 시작했다.

"리베토 녀석, 바보기는 하지만 실력 하나는 대단했지. 더구나 돈도 있어 보였고. 솔직히 동료가 되면 좋기는 할 거 같아. 푸훗. 이거 하륵의 얼굴을 생각하니 재미있는 걸."

# 제19장 다시 만난 라이스

드란은 가볍게 리자드맨 마을에 도착과 함께 둔갑의 술로 모습을 리자드맨 샤먼으로 알려진 드륵으로 변화시켰다.

"크륵, 이 모습도 오랜만이군."

말을 할 때마다 자동으로 입이 열리며 크륵크륵거리게 되지만 이것은 오크가 말할 때마다 콧소리로 취익취익거리는 거와 거의 마찬가지다.

드란이 드륵의 모습으로 리자드맨 마을로 들어서자, 리자드맨들은 대소동이 일어났다.

"크륵, 지, 지혜로운 드륵 님이 오셨다!"

"크륵, 뭐, 뭐라고? 하륵 님과 쌍방을 이루는 그 드륵 님이? 어디 보자!"

새로 태어난 리자드맨들은 드란의 모습을 보기 위해 앞다퉈 달려들었다. 그리고 잠시 시간이 지나자 리자드맨 히어로 하륵이 빠른 속도로 뛰어나왔다.

"크륵, 오오, 드륵 님. 정말 오랜만입니다. 아 참! 그리고 소개해 줄 이들이 있습니다. 리베토라고 하는 이방인들인데, 고기도 싸 가지고 온 아주 착한 이방인들입니다. 자어서 나오게, 리베토."

"하륵 님 과찬의 말씀이십니다. 반갑군요. 그대가 리자드맨 샤먼이신 드륵입니까? 반갑습니다. 저는 전사 탱커 유저로 리베토라고 합니다. 그리고 옆에는 저의 동료인 로그 레스와 궁수인 아렌. 마지막으로 마법사인 하룬입니다."

"크륵, 이방인들은 모두 우리의 적일 텐데? 어떻게 된 거지?"

"아아, 저는 몬스터들이라도 다 같은 몬스터라고 생각하지 않습니다. 더구나 리자드맨들은 지성을 가지고 있는 몬스터. 우리는 그들과 적이 되는 것보다 친구가 되기로 하였습니다. 그리고 지금은 이렇게 친해졌지요. 안 그런가요? 하륵 님."

"크륵, 그렇다. 드륵 님도 어서 오셔서 고기를 드시지요. 아주 싱싱한 오크들의 고기입니다."

하륵이 싱긋 미소를 지으며 말했다.

"크륵, 미안하지만 오크 고기는 거절하도록 하지. 그대들은 몇 번 본 적이 있어. 더구나 레스라고 했나? 난 자네의 모습으로 변한 기억이 있지. 더구나 그때 그대들은 우리 리자드맨 마을을 공격했었다. 자, 어서 이 이유에 대해 자세히 설명을 해 주실까?"

"……."

드란의 말에 리베토는 한순간에 꿀 먹은 벙어리가 됐다. 뒤를 돌아보니 하륵이 진짜냐는 듯 고개를 갸웃거리면서 생각을 하고 있었다.

인간에 비해 기억력이 좋지 않아, 그때의 기억을 잊은 하륵이지만 조금 더 생각을 하면 자신들이 한 짓을 생각해 낼 것이다라고 생각한 리베토는 머리가 어지러워서 아무 생각도 안 났다.

그러던 중 리베토의 구세주가 있었으니. 바로 하룬이었다.

"그 점에 대해서는 제가 설명하도록 하겠습니다. 자, 드륵 님. 죄송한 말씀이지만 따로 만나 뵐 수 있겠습니까?"

"크륵, 그러도록 하지."

하룬이 드란을 이끌고는 리자드맨들이 사는 집 한 곳으로 들어갔다. 그리고는 재빨리 말했다.

"그때의 일은 죄송합니다. 라이스라는 작자가 시키는 바람에 어쩔 수 없이 그렇게 되었습니다."

"크륵, 글쎄 내가 보기에는 하륵한테 당했던 걸 복수하려는 모습 같아 보였는데 말이지."

"……."

정곡을 찔린 하룬이 움찔했다.

"크륵, 더구나 너희들은 리자드맨들을 해쳤다. 이 사실은 무슨 일이 있어도 변하지 않아. 알겠나?"

"……인정하도록 하죠. 그때는 저희도 너무 화가 나 있었습니다. 게임을 하면서 처음으로 죽음을 경험했으니 말이죠. 그래서 리자드맨한테 분노를 느낀 점은 인정합니다. 하지만 지금은 우리를 배신한 라이스한테 느끼는 분노가 더욱 큽니다. 라이스는 이곳 리펙터 월드의 길드 중에서 제법 큰 길드에 속하는 아우스의 길드 간부입니다. 사실 복수를 하고 싶어도 너무 강해 어쩔 수 없는 상태이지요. 그래서 부탁합니다. 저희와 동료가 되실 마음이 있으신가요?"

의외로 쉽게 인정하고 반성하는 모습을 보여 주는 하룬의 모습에 드란은 흥미가 느껴졌다.

그리고 사실 드란도 동료를 배신하는 라이스 같은 녀석은 딱 질색이었다. 차라리 바보가 낫지, 동료를 짐짝 버리듯 배신하는 무책임한 녀석은 진짜 드란이 제일 싫어하는 스타일이었다.

사실 말하자면 드란도 뭐라 할 자격은 없지만 말이다.

"저희들로만은 대길드인 아우스를 이기고 라이스에게 복수를 할 수가 없습니다. 듣기로는 드륵 님은 이 리자드맨들의 통치자와 같다고 하던데. 혹시 어떻게 안 되겠습니까?"

이 말은 즉, 리자드맨과 자신을 아우스라는 길드와 싸우는데 이용하겠다는 말.

드란은 거절의 뜻을 밝혔다.

"크륵, 그런 곳에 리자드맨을 사용할 수는 없다."

벌써 왕국 전쟁 때 썼는데, 지금 또 사용하다가 자칫하면 자신의 정체가 들킬 위험도 있었다.

"정말로 부탁드리겠습니다. 아직도 뒤통수를 맞아 이가 갈리고 있습니다. 생각해 보십시오. 동료였던 자에게 뒤통수를 맞아……."

콰쾅—!!

하룬이 말하는데 갑자기 밖에서 전투하는 소리가 울려 퍼졌다.

그리고 이윽고 드란과 하룬이 있는 막사로 리베토가 들어왔다.

"드륵 님! 하룬! 적이다! 아우스 길드 녀석들이랑 라이스야!"

"뭐, 뭐라고?!"

하룬은 당황함과 함께 복수를 할 수 있다는 생각에 미소 지었다.

드란도 빠르게 밖으로 나갔는데, 보이는 상황을 보고 미소를 지을 수밖에 없었다.

"젠장! 뭐, 이런 리자드맨이 다 있어!"

"크륵, 죽어라! 인간!"

리자드맨들은 인간 유저들을 단 한 명의 출입도 허락하지 않겠다는 듯 언제 제작했는지 모르는 방패와 단단한 몸으로 인간 유저의 공격을 막아 내며 뒤에서는 투창을 전문적으로 배운 리자드맨들이 투창을 투척하며 공격을 해 댔다.

그리고 그런 투척 리자드맨 뒤에서는 대장장이 리자드맨들이 투지를 불태우며 투창을 제작하고 있었다.

"크륵, 하륵 녀석. 제법 지휘할 줄도 알게 되었군."

무엇보다도 놀라운 변화는 바로 그런 리자드맨들을 지휘하고 있는 리자드맨 히어로 하륵의 모습이었다. 평소였다면 앞뒤 불문하고 뛰쳐나가 검질을 해 댔다. 물론 너무도 강력해서 공격한 후 빠져나올 수 있었지만, 그사이 지휘체계가 없는 리자드맨들은 속수무책으로 당할 위험이 있었다.

하지만 이제 하륵은 뒤에서 지휘를 하며 위험해 보이는 곳에 대기하고 있는 리자드맨을 추가하는 등, 꽤나 전략적인 지휘를 했다.

"크륵, 드륵 님 나오셨습니다. 걱정 마십시오. 저런 인간들 따위야 금방 처치할 수 있습니다."

"크륵, 그래 보이는군. 정말 대단하군, 대단해. 하륵. 언제 이런 지휘를 할 수 있게 되었나?"

"크륵, 그게…… 옛날 드륵 님의 말대로 여러 번 생각해 봤습니다. 그리고 어떻게 하다 보니, 지휘라는 게 머릿속에 자라나더군요. 크륵크륵크륵. 이제 인간들 따위가 아무리 많이 쳐들어와도 절대 못 들어 올 겁니다."

하륵이 너털웃음을 지으며 웃어 댔다. 그러고 보니 40 레벨대의 하륵의 레벨이 어느새 드란을 가볍게 뛰어넘고는 65레벨에 다다라 있었다. 말 그대로 엄청나게 강해졌다는 말이다.

"크륵, 역시 하륵. 너는 대단하다."

한편 리자드맨 마을의 밖에 있는 아우스 길드원들은 미칠 지경이다. 특히 그중 라이스는 더 미칠 지경이었다.

"몇 달이나 지났다고! 무슨 리자드맨 마을이 철벽 요새라도 된 거야?!"

몇 달 전만 해도 시시하게 뻥뻥 뚫렸던 리자드맨 마을이 지금은 완전히 철벽처럼 뚫리지가 않았다.

"라이스 님. 이 녀석들 너무 탄탄한데요? 정말 리자드맨 맞아요? 무슨 지성이 이렇게 높아진 건지."

"닥치고 나와 봐!"

투덜거리는 길드원을 밀친 라이스는 대검을 들고는 척척 앞으로 걸어갔다.

"크르륵, 멍청한 인간 놈들. 네놈들은 절대로 여기를 뚫고 갈 수 없다."

"리자드맨 이것들이. 감히 내 앞길을 막아? 이런 파충류 같은 새끼들이! 크래시 크래셔!"

대검을 이리저리 휘두르다가 라이스가 힘 있게 내려쳤다.

쿠과가가각—!!!

라이스가 가지고 있는 이 대검은 보통 등급의 무기가 아니었다. 유니크급 아이템에다가 리펙터 월드에 몇몇 사람들에게만 알려진 숨겨진 상점, 강화소에 가서 강화까지 한 검이다. 그런 검이 리자드맨의 방패로 내려치자 엄청난 타격음과 함께 리자드맨의 방패가 그대로 두 쪽이 나 버렸다.

"크륵, 이, 이런 말도 안 되는! 하, 하륵 님!"

"크륵, 기다리거라! 모두 진형을 유지한다!"

라이스로 인해 뚫린 구멍으로 하륵이 달려들려고 하는데 드란이 막아섰다.

"크륵, 하륵 너는 계속 지휘하도록 해. 저기는 내가 가도록 하지."

"우리도 같이 갑시다!"

드란이 막 가려는데 리베토 일행이 말도 없이 먼저 뛰어들었다.

"망할 라이스 녀석! 복수를 때를 기다렸다!"

"뭐냐 넌?"

"이 자식! 벌써 나를 잊어먹은 거냐!"

리베토는 라이스한테 꿰뚫렸던 가슴을 한 번 보고는 힘줄 튀어나오도록 손에 힘을 주며 라이스에게 검을 휘둘렀다.

챙— 챙—!

리베토의 검과 라이스의 대검이 맞부딪치며 승부를 시작했다. 과연 리베토도 아이템이 좋은지 유니크급에 해당하는 라이스의 대검을 방패와 검으로 잘도 막아 냈다. 그런 라이스를 길드원들이 재빨리 와서 보조를 시작했다.

"치, 치사한 새끼!"

"후훗, 원래 이런 게 힘이라는 거다!"

라이스가 길드원과 합공을 펼치며 피식 웃어 댔다.

"크륵, 호오, 그게 그리 힘이야? 완전 더러운 새끼네."

"크륵, 드륵 님이 오셨다! 이제 우리는 무적이다! 우와아아아!"

드륵이 양손에 검을 뽑아 들며 리베토를 보조해 주었다. 리베토는 그 모습에 고맙다는 듯 고개를 한 번 끄덕이고는 방패로 아우스의 길드원들을 밀쳐내며 검을 휘둘렀다. 그리고는 자리를 꿋꿋이 지키는 모습을 보이는 의외적인 리베토의 모습에 드란은 리베토가 왠지 마음에 들었다.

'이렇게 보니 괜찮잖아? 더구나 테크닉하고 컨트롤. 자기가 한 말은 지키는 모습도 마음에 들고 말이야. 이 녀석 바보가 아니라 멋진 남자였잖아?'

리베토가 다르게 보이는 드란이다.

더구나 가끔씩 리베토나 드란, 심지어 리자드맨들이 위험할 때마다 쇽쇽 나와서 백어택이나 암기를 투척하는 레스의 센스!

그뿐인가? 뒤에서는 아렌이 투창 리자드맨들을 지휘해주며, 하륵의 지휘를 도와주고 있었고, 하룬은 가끔씩 강력한 마법을 인간 유저들에게 쏟아부었다.

하지만 아우스 길드도 괜히 대길드가 아니라는 듯 점점 리자드맨들을 위협하고 있었다.

"크륵, 리자드맨을 위해!"

인간 유저의 마법사의 공격을 정면으로 맞은 리자드맨 하나가 큰 부상을 입고는 기절했다. 보통 때의 리자드맨이라면 동료를 무시할 수도 있었겠지만, 지금의 리자드맨들은 동료의 동료애가 대단했다.

"크륵, 동료를 돕는다!"

리자드맨이 부상을 당하자 다른 리자드맨들이 속속들이 달라붙어서는 그를 보호하며, 또 다른 리자드맨이 방어 구역을 채웠다. 말 그대로 끈끈한 동료애가 없다면 보일 수 없는 일이다.

이런 리자드맨들의 모습에 드란은 걱정할 필요가 없었다.

'이런 대형길드가 와도 잘 막아 내다니. 정말 성장했구나. 녀석들.'

"나도 질 수 없지! 리자드맨 샤먼의 위엄을 보여 주마! 휘몰아쳐라! 바람의 술! 타올라라! 불의 술!"

푸화아아악—! 화르르륵—!

바람과 불의 합쳐지며 불 바람이 휘몰아쳤다.

"크아아악!"

"뜨거워!"

하지만 인간 유저들의 방어력과 생명력이 제법 되는지 불 바람 콤보가 들어갔는데도, 유저들은 2명 정도만 쓰러졌을 뿐이다.

그렇게 버텨 내며 쓰러트렸는데도 아직도 300명이 넘게 남은 녀석들의 모습에 드란이 진저리를 치고 있을 때였다.

"크륵, 용맹한 리자드맨 라크들이여! 그대들의 용맹함을 표출하라!"

"크륵크륵크륵!"

하륵이 내려옴과 함께 처음 보는 모습의 리자드맨들이 뛰어나왔다. 신기한 점은 막 나온 리자드맨들의 등에 사마귀의 날개 같은 것이 돋아나 있다는 점이었다.

처음보는 리자드맨의 진화형 몬스터!

'리자드맨 라크'라는 이름을 가진 녀석들이 대략 30마리 정도가 뛰어나와 공중을 지배했다.

"크륵, 우리의 동족 리자드맨들을 돕자!"

"뭐, 저런 몬스터가 다 있어! 궁수와 마법사들은 모두 저 녀석들을 요격해라!”

슈슈슉—! 파파팡—!

라이스의 명령에 80명 정도 되는 궁수들과 마법사들이 화살과 마법들을 공중을 향해 발포해 댔지만, 라크들은 얼마나 빠른지 가볍게 피해 냈다.

하지만 80개가 넘는 공격을 모두 회피할 수는 없는 노릇. 30마리의 라크중 8마리가 요격을 당해 떨어져 내렸지만, 낙법을 펼쳐서 안전하게 착륙했다.

이어서 22마리의 라크들이 기괴한 무기를 빼 들었다. 바로 손의 피부가 쩍쩍 갈라지면서 그곳에서 날카로운 칼이 튀어나왔다. 그리고는 밑에 있는 인간 유저들을 향해 내리꽂자 몇몇이 꿰뚫린 채로 죽음을 맞이했다.

단숨에 22명의 유저가 즉사한 모습에 라이스의 눈이 부릅떠졌다.

“이런 젠장! 비장의 수단이다! 이봐 마스터 고블린들!”

“끼끼끼! 이제야 우리를 부르는군. 것 봐, 너희 인간 유저들은 어쩔 수가 없다니까.”

오우거에 타고 있는 고블린 3마리의 모습. 쉽게 말하자면 오우거도 3마리라는 소리. 하지만 오우거는 멍텅구리 같은 표정으로 멍하게 있고, 그 위에 타 있는 고블린이 그런 오우거를 조종했다. 이 고블린들의 정체는 다름 아닌 마스터 고블린! 종족 선택을 랜덤으로 했을 때, 아주 낮은 확률로 걸리는 종족이 바로 마스터 고블린인 것이다.

"이 멍텅구리들아! 일을 시작하자! 자 던져 던져! 모조리 던져!"

"그워어어어!"

마스터 고블린들이 재잘재잘 떠들어 대자 오우거들이 밑에 있는 돌을 집어서는 라크들을 향해 집어던져 댔다. 라크들이 위험에 처하자 나선 것은 바로 하륵과 리자드맨들이었다.

"크륵, 우리의 동료 라크들을 구하러 가자! 그리고 우리의 용맹함을 녀석들에게 보여 주는 거다!"

"우와아아아! 크륵크륵크륵!"

리자드맨 마을에서 방패만 들고 방어해 대던 리자드맨이 방패를 집어던지고 묵직한 대검들을 뽑아 들어 댔다. 물론 몇몇 리자드맨들은 방패와 함께 한손검을 사용했지만, 대부분이 양손검을 즐기는 리자드맨들이었다. 그런 리자드맨들에게 방패는 사치였다.

"리자드맨들이 폭주했다! 으아악!"

"라이스 님! 녀석들이 미쳤습니다!"

길드원들이 라이스를 바라보며 소리치자 라이스는 이만 으득으득 갈다가 이내 명령했다.

"탱커들은 앞을 보호하고, 스피어맨과 궁수, 마법사들은 리자드맨들을 상대해라!"

"이미 그러고 있습니다만! 녀석들의 공격력이 장난이 아닙니다! 더구나 무기가 너무 커서 방패로 막아도 경직이 엄청나요!"

마법사 유저의 비명과 같은 외침에 라이스의 얼굴이 일그러졌다. 라이스는 결국 하나의 결심을 하기로 마음먹었다.

"멈춰어어어—!!!"

큰 목소리의 라이스에 호기롭게 돌격하던 리자드맨들과 힘겹게 막고 있던 인간 유저들이 멈췄다. 그리고 이어지는 라이스의 제안!

"나 라이스가 제안한다! 내가 노리는 것은 이곳 리자드맨 마을이 아니다! 나는 사람을 찾고 있다. 이곳에서 저 리자드맨 히어로와 함께 날 공격해서 죽인 녀석! 그 유저를 찾고 있다. 듣기에 그 녀석은 모습을 둔갑하는 특이한 능력을 가지고 있다고 들었다. 나 라이스는 그 녀석과 1:1 결투를 청한다!"

라이스의 외침에 드란이 피식 웃었다.

"나를 찾나보군."

"흐흐흐! 녀석! 이번에는 리자드맨으로 변신을 했구나! 대단하군, 대단해. 좋아! 너한테 나 라이스가 결투를 청한다!"

"결투를 청한다고? 그래, 좋아. 그 대신 걸려 있는 게 뭐지?"

"그게 무슨 소리냐?"

"이렇게 떼거지로 몰아와 놓고, 설마 결투만 치르고 끝낸다는 소리는 아니겠지? 적어도 뭘 걸고 하는 게 재미있지 않겠어?"

드란의 말에 라이스는 고민하는 듯한 표정을 지었다.

그 모습에 드란이 재빨리 말했다.

"간단해, 지금 가지고 있는 네놈의 대검. 내가 이기면 그것을 내놔."

"자, 장난 하냐? 이 대검은 유니크급의 아이템이다. 그런 걸 한 번의 대결에 건다는 게 말이나 되냐?"

"그럼 여기서 길드원하고 함께 뒈져서 아이템을 떨구든가. 아마 길드원들이 너를 좋게 안 볼걸?"

드란의 말을 듣고 나자 라이스는 많은 길드원들이 자신에게 시선을 집중하고 있는 것을 알 수 있었다. 여기서 안 한다고 하기에도 뭐했다. 또 라이스는 자신이 진다는 생각은 애초에 하지도 않았다.

"좋아, 그렇다면 너는 무엇을 걸 거지? 나는 유니크급의 아이템이니 너도 그에 해당하는 것을 주어야 할 거야."

"나? 나는 내 몸을 주겠다."

"……."

드란의 말에 라이스의 얼굴이 일그러졌다.

"나는 도마뱀 취향이 아니다!"

"나도 남자 취향은 아니야. 너도 알겠지만 나는 꽤나 희귀한 종족이라고. 이런 내가 너희 길드에 들어간다면 엄청난 이익으로 작용될 텐데? 그래도 싫어? 뭐 싫으면 뒈져야지. 안 그래?"

"으드득! 좋아하겠다! 결투를 걸어라!"

"진작 그럴 것이지."

라이스의 허락에 드란이 폴짝 뛰어서는 라이스의 앞까지 쏘아졌다. 그리고는 검을 뽑아서 라이스의 얼굴에 향하게 겨누었다.

"나 드륵은 내 앞에 있는 라이스에게 결투를 청한다. 패배할 경우 승자에게, 나는 내 몸을 바친다."

라이스 역시 검을 뽑아 들었다.

"나 라이스는 내 앞에 있는 드륵에게 결투를 청한다. 패배할 경우 승자에게 나의 무기를 바친다."

"좋아, 덤벼라!"

선공은 라이스가 달려들었다. 대검을 든 힘특화 계열은 자신에게는 선빵이 제일 중요하다.

왜 이런 말도 있지 않은가? 선빵 필승이라는 절대적인 말이 말이다.

"죽어라! 스톰 슬래시!"

"웃기는군! 반격의 술!"

슈앙— 팡—!

돌면서 공격해 오는 라이스의 몸을 반격의 술로 쳐 낸 드란은 이어서 라이스의 뒤로 따라붙었다.

"타올라라! 불의 술!"

화르르륵—

"전사의 골격! 우어어어어!"

전사의 골격은 일시적으로 방어력을 올리는 대신 공격력이 내려가는 전사계열의 특화 스킬.

불의 술을 몸으로 막아 낸 라이스의 눈이 번뜩였다.

"내가 마음만 먹었으면 너 따위는! 으으, 파워 그랜드 소드!"

라이스의 대검에 한줄기 빛이 어리며 드란을 향해 내려쳐졌지만, 드란은 빠른 몸놀림으로 피해 냈다. 하지만 전부 피할 수는 없었는지 생명력이 약간 줄어들었다.

"뭔 남자 새끼가 말이 그렇게 많아! 장님이나 되라! 흙의 술!"

정면에서 펼쳐진 흙의 술에 라이스가 눈을 부여잡고는 날뛰었다. 바로 앞에서 사용했기에 눈멀기 효과는 100%!

그리고 그사이 드란은 영계 소환의 술로 도깨비불 4마리를 소환해 냈다.

"으으으, 이 자식!"

눈멀기 효과가 풀리자 라이스는 이를 갈며 드란을 바라

봤다. 하지만 이상하게 허리가 움직이지 않았다. 마치 내 몸이 아닌 듯, 그대로 굳어 버린 것이 아닌가?

자세히 보니 초록 빛깔의 이상한 물체가 자신의 허리에 빙의되어 있었다.

[안녕? 이 몸은 꽤나 튼실하니 좋네. 인간을 칠 때, 일할 때. 아주 좋겠어!]

"이, 이게 뭐야!"

"뭐긴 뭐야, 귀여운 도깨비불들이지. 이거나 먹어라! 흙의 술! 바위로! 날아가라!"

드란의 입에서 나온 흙들이 모여 합쳐지더니 이내 바위로 변했다. 그리고 거대한 바위가 그대로 허리가 굳어 도망치지 못하는 라이스의 가슴팍에 적중했다.

"크어억!"

[즐거웠어! 안녕!]

라이스에게 충격이 감과 동시에 도깨비불들도 충격으로 인해 역소환되었지만 이미 충분히 이익을 봤다.

바위에 당한 라이스는 고통에 눈을 찌푸리며 드란을 노려봤다.

"어이, 어이. 그렇게 보면 어쩌라고?"

"이 자식! 가만 안 두겠어! 특수 스킬! 버서커 모드! 광폭화! 전사의 함성!"

라이스의 눈이 새빨개지더니, 몸도 2배 가까이 부풀어

올라서 3미터에 이르렀다.

인간이라고는 상상하기 힘들 정도로 괴물 같은 모습!

이것은 바로 라이스의 직업인 워리어의 특수 스킬이었다.

바로 버서커 모드의 경우에는 5분간 공격력 2배가 되는 대신 방어력이 2배 낮아지고, 5분이 지나면 생명력이 몇 퍼센트였든 상관없이 빈사 상태가 되는 일종의 도박 스킬이었다.

이어서 사용한 광폭화 역시 공격력을 1.5배로 만드는 기술이었는데, 고통을 없애 주는 추가 효과도 있었다. 마지막으로 전사의 함성은 일반 전사 유저들도 가지고 있는 스킬로써, 공격력을 50% 증가하는 대신, 방어력이 2배 깎이는 스킬이었다.

"크크크크! 모가지를 비틀어 주지! 이 망할 녀석!"

"완전 괴물이 다 되었네, 괴물이 다 되었어."

3미터에 이르는 라이스의 모습에 드란은 함지박만 하게 입을 벌리면서 녀석의 공격을 피해 냈다.

"도망치지 마라! 이 비겁한 녀석!"

"네놈의 덩치를 보고 말해! 아, 이게 있었지. 콜 자이언트 웜!"

푸슈슈슉—!

드란의 외침에 땅에서 자이언트 웜의 거대한 이빨을 드러내며 등장했다. 단숨에 입안에 넣어 씹어 삼켜 버리겠다는 흉흉한 기세가 가득했지만, 라이스의 공격력이 현재 더 강했다.

"이깟 지렁이쯤이야! 파워 그랜드 소드!"

푸카카캉—!

결국 라이스의 검에 자이언트 웜은 반으로 갈라지며 역소환되었다. 요즘 들어 이래저래 많이 죽어 대는 불쌍한 자이언트 웜이었다.

"크크큭! 멍청한 녀석! 이깟 지렁이로 뭘 하겠다는 건지."

라이스는 비꼬는 듯 웃으며 말했지만, 사실 약간 불안한 마음이 없지 않아 있었다. 바로 드란의 모습이 자이언트 웜을 해치우는 동안 사라졌다는 점이었다.

라이스가 고개를 이리저리 돌리며 어디 있나 살폈지만 드란의 모습은 아무 곳에도 보이지 않았다.

"이 망할 자식! 어디 숨은 거야!"

라이스가 소리를 치자 앞에 있던 길드원이 덜덜 떨며 위를 가리켰다. 그리고 그곳에는 붉은빛에 감싸 있는 단검을 쥐고 자신을 향해 내리꽂고 있는 드란이 자신을 향해 쏘아졌다.

푸우욱!

"커어억!"

라이스가 피를 토하며 쓰러졌다. 그리고 동시에 들려오

는 알림음!

—띠링! 결투에서 패배하셨습니다. 조건이 있는 결투였기에 패배하신 당신의 무기가 드륵(드란)에게 돌아갑니다.

'드란……?'

라이스는 씨익 미소를 지었다. 비록 결투에서 패배해서 유니크급의 대검을 잃었지만, 저 드륵의 본래 이름을 알아낼 수가 있었다.

바로 드란!

드란은 아마 모를 것이다. 결투에서는 가명이 통하지 않는다는 것을. 드란 딴에는 절대 정체를 들키지 않았다고 생각하겠지만, 이미 정체는 다 탄로가 나 버렸다.

'크크큭! 너는 이제 진정 끝장이 날 것이다. 우리 아우스 길드의 길드장이자, 나의 실제 형인 로아스 형이 너를 가만두지 않을 테니 말이야!'

결투의 경우에는 패배해도 카오틱이랑은 전혀 상관없고, 죽음도 당하지 않는다. 결국 빈사 상태의 모습이 된 채로 결투가 끝나자 라이스는 드란을 향해 씨익 웃었다.

"이번 승리는 너군, 크큭. 패배를 인정하도록 하지."

라이스는 깨끗하게 자신의 패배를 인정하고는 뒤돌아 걸

었다.

그런 라이스의 모습을 드란은 쳐다보지도 않았다. 드란의 관심은 오직 대검에 쏠려 있었다.

어떻게 보면 슬픈 라이스였다.

# 제20장
# 각성

라이스가 떠나간 리자드맨 마을은 역시 드란의 예상대로 축제가 벌어졌다.

"크륵크륵크륵! 마시자 마셔!"

"크륵, 용맹한 하륵 님 만세! 지혜로운 드륵 님 만세! 우리의 새로운 동료 리베토 일행 만세! 라크들 만세!"

"우워어어어! 크륵크륵크륵!"

리자드맨들은 술에 거하게 취해서는 연신 주사를 펼쳐 댔다.

종족이 리자드맨이다 보니 성격이 전부 다 호탕하고 시원시원했다.

"캬아! 드륵 님이 라이스 녀석에게 일격을 찌를 때는 얼마나 멋있었는지! 어떻게 하면 도약력이 그렇게 좋은 거예요?"

로그 유저인 레스는 드란에게 착 붙어서는 연신 물어 대기 바빴다. 아마 마지막 일격을 날릴 때 드란의 점프력에 놀란 모양이었다.

뭐 사실 그때의 도약력의 비밀을 말하자면 간단하다. 바람의 술을 땅을 보고 펼쳐서 높게 날아오른 후, 인벤토리에서 노스텐으로 장착했다. 그리고 몸을 수그려서 가속력을 붙인 것이다.

그렇게 연신 질문을 해 대는 레스와 달리 하룬은 조용한 남자처럼 술잔을 아주 얌전하게 기울였다.

리베토와 아렌은 무엇을 하냐고? 그 녀석들은 지금 완전히 리자드맨들과 하나가 되어 마치 선생님처럼 설명을 해 대고 있었다.

"우하하하하! 그러니까 내가 이렇게 막고 이렇게 했단 말이지."

"나는 말이야 저 멀리 있는 파리도 맞출 수 있단 말이야. 흐흐흐흐!"

"크륵, 오오! 멋있다, 리베토!"

"크륵, 요만한 파리를 맞춘다고? 그게 진짜야?"

정확히 말하면 자랑질이었다.

"크륵, 레스. 도약력의 비밀은 나중에 알려 줄 테니까 여기 있어 봐.”

“알겠습니다요오!”

술 취한 레스를 둔 드란은 ‘얼씨구나 좋다’ 라는 단어가 절로 나는 듯한 모습을 하고 있는 하륵에게 가서 아이템 하나를 건네었다. 그 아이템을 본 하륵의 눈이 커졌다.

“크르륵? 드륵 님. 이건…… 받을 수 없습니다.”

“크륵, 하록. 받도록 해. 매번 나를 도와준 너에게 주는 거야. 그리고 나는 아마 내일 떠날 거야. 그사이 아까 그놈들이 다시 쳐들어 올 수도 있어. 그러니까 만약을 위해 가지고 있도록 해.”

드란의 말에 하륵은 결국 아이템을 받아들었다.

드란이 하륵에게 건네주는 아이템. 바로 라이스와의 결투로 얻어낸 강화까지 된 유니크급의 대검이었다. 유니크 아이템의 보통 시세는 800골드를 가뿐히 뛰어넘는다. 현재 골드의 시세는 약간 내려가 1골드에 8천 원 정도. 800골드면 640만 원! 그런 엄청난 양의 돈을 드란은 선뜻 몬스터에 불과한 하륵에게 건네주고 있는 것이다.

하지만 하륵은 이미 드란에게는 한낱 몬스터가 아니었다.

매번 자신을 위해 도와주고 발 벗고 나서 주는 몬스터. 그게 바로 리자드맨 히어로 하륵이었다.

“크르륵…… 저, 정말 감사드립니다. 드륵 님.”

“얘, 얘 또 운다.”

모습과 달리 의외로 눈물이 많은 하륵이 결국 눈물을 흘렸다.

아차, 깜빡했는데 대검의 옵션을 궁금한 몇몇을 위해 공개하도록 하겠다.

**브렉의 대검(유니크 SS+(5))**

현재는 대륙에서 사라진 전설의 대장장이 브렉이 만들어졌다고 알려진 대검. 작업 처리를 드워프 못지않게 뛰어나게 되어 있어, 공격력과 내구력 모두 최강에 이르는 최강의 대검이다.

내구력:230/230　　공격력:88~180(+8~25)

사용 제한:레벨 55 이상, 힘 300 이상

옵션:힘 +50, 민첩 +15, 공격 속도 —150% 스킬 〈파워 그랜드 소드〉 사용 가능

"즐거웠었습니다. 죄송한 말씀이지만 친구 등록을 해도 될까요? 아, 물론 싫으시면 하지 않으셔도 됩니다."

리베토가 머리를 긁적이며 물어왔다. 뒤에 있는 레스와 아렌, 하룬도 친구등록을 하고 싶은 모양인지 연신 드란과 리베토의 눈치를 보고 있었다.

"하셔도 상관없습니다."

덥썩!

드란이 허락의 뜻을 비치자 리베토 일행이 단숨에 달려

들었다.

—띠링! 전사 유저 '리베토' 가 친구 요청을 걸어왔습니다.

—띠링! 로그 유저 '레스' 가 친구 요청을 걸어왔습니다.

—띠링! 궁수 유저 '아렌' 이 친구 요청을 걸어왔습니다.

—띠링! 마법사 유저 '하룬' 이 친구 요청을 걸어왔습니다.

—둔갑의 술 상태이기에 저들에게는 당신의 아이디가 가명인 '드릭' 으로 등록됩니다.

"아, 거절합니다."

"어, 어째서?"

허락했던 드란이 거절하자, 리베토 일행은 약간 당황한 표정이었다. 그런 그들에게 드란이 씩 웃으면서 앞발을 모았다.

"가명으로 등록하면 안 되겠죠. 둔갑의 술 해제!"

펴엉—!

연기가 리자드맨 모습의 드란을 감싸들었고, 이내 안개가 걷히자 그곳에는 드란이 본래의 모습으로 서 있었다.

기웃기웃—

사미호를 뜻하는 4개의 꼬리가 오랜만에 나와서인지 기

분 좋게 꼼지락거렸다.

"……이게 드란 님의 본래 모습인 건가요?"

"와아아…… 꼬리가 4개나 달려 있는 여우라니."

놀라움을 토하는 리베토와 하룬의 모습에 드란이 피식 웃으며 손을 내밀었다.

"제대로 소개하도록 하지요. 사미호 드란이라고 합니다."

"저희도 다시 소개하도록 하지요. 전사 유저. 리베토라고 합니다."

"로그 유저 레스라고 합니다."

"궁수 유저 아렌이라고 합니다."

"마법사 유저 하룬이라고 합니다."

그렇게 드란은 바보 4인방이 아닌 진정한 동료 4명을 얻었다.

※

"후우. 뭐라고 말해야 할까."

공원 앞으로 나간 성진은 예슬에게 할 말을 생각하며 연신 고민에 빠졌다.

"안녕하세요, 예슬 씨? 아악! 이건 너무 똑같잖아. 안녕, 예슬아! 너무 갑작스럽게 반말 쓰는 것도 이상해! 오우 마드모아젤. 봉쥬르!…… 미친 놈 취급받기는 싫어."

"푸훗! 뭐하는 거야, 성진!"

"어…… 예슬 씨?"

갑자기 나타난 예슬의 모습에 성진이 당황하며 물었다. 그리고 이내 자신이 했던 행동에 창피감에 빠질 수밖에 없었다.

'젠장!'

이곳은 공원. 당연히 그런 곳에서 혼잣말을 크게 떠들어댔으니 사람들의 시선이 꽂힐 수밖에 없었다.

결국 몰려오는 창피에 성진은 고개를 푹푹 수그렸다.

그런 성진의 모습에 예슬은 웃음밖에 안 나왔다.

'설마 그때 일 때문에 그런 거야? 뭐야, 성진이도 귀여운 면이 있었네. 딱딱할 줄만 알았더니.'

성진을 다시 본 예슬은 슬금슬금 다가가서는 고개를 수그리고 있는 성진의 팔에 그대로 팔짱을 걸었다.

"……!"

갑작스러운 예슬의 행동에 성진이 당황하자 예슬은 사슴눈을 하며 순진무구한 표정으로 웃었다.

"무슨 일 있어?"

"으, 응? 아니야……."

갑작스럽게 예슬이 대담해지며 반말로 물어오자 성진도 어쩔 수 없이 반말로 대응하며 말했지만 팔에서 느껴지는 예슬의 느낌에 수전증에 걸린 듯 오른팔이 부들부들 떨렸다.

그런 성진의 떨림을 느낀 예슬은 팔짱낀 팔을 더 강하게 쥐고는 물었다.

"이렇게 만났으니 밥 좀 사 줘요. 나 너무 배고파요."

"그, 그러도록 하죠."

예슬의 말에 떨리는 말로 대답한 성진은 점점 걸으면서 예슬과 대화를 하자 마음이 편해지는 것을 느낄 수가 있었다.

방금전까지는 '뭘 해야 하지?' 라는 생각만 들었는데 지금은 '이렇게 하면 좋겠어.' 라는 단어가 절로 떠올랐다. 마음을 먹은 성진은 적극적으로 나가기로 했다.

'마음을 가다듬고. 꿀꺽. 후우우.'

"예슬 씨는 뭐가 제일 먹고 싶어요?"

"그냥 아무거나요."

예슬은 성진에게 그대로 주도권을 넘겼다.

윽! 아무거나라는 단어가 제일 힘들단 말이다.

"그럼 제가 아는 떡볶이 집이 있는데 그곳에 갈래요?"

"에이, 아무리 그래도 겨우 떡볶이가 뭐예요. 적어도 레스토랑 정도는 가야죠."

"누구 파산시킬 일 있어요? 그럼 칼국수 집으로 가죠. 이 이상은 저도 안 돼요."

"치잇! 짠돌이!"

"짠돌이인 거 이제 알았어요?"

성진과 예슬은 처음으로 투닥거리며 즐겁게 웃었다.

❖

게임에 접속한 드란은 인벤토리가 반짝반짝 빛나자 열어 보았는데, 옛날 구미호 일족의 마을에서 미샤포에게 받은 칠미호의 털이 빛남의 정체였다.

"이게 뭐야?"

반짝이는 칠미호의 털을 슥삭슥삭 만지자, 신기하게도 그곳에서 미샤포의 부드러운 목소리가 들려왔다.

[드란 씨. 드란 씨.]

"미샤포 님? 어쩐 일이세요? 그리고 이게 대체 뭐죠?"

[제가 옛날에 주었던 칠미호의 털이 가진 효과예요. 아무리 멀리 떨어져 있어도, 차원의 경계에 있어도 서로 연락할 수 있게 해 주는 매개체이죠.]

마치 무전기와 같은 효능을 발휘하는 칠미호의 털에 드란은 신기했다.

[칠미호의 털로 드란 씨의 기운을 느껴 보니 이제 곧 성인식을 펼쳐야 할 것 같아서요. 무언가 못 느끼셨어요?]

"그게 무슨…… 아! 스킬 확인, 오미호의 길!"

**오미호의 길(초급, 패시브)**

사미호는 구미호 일족의 시작이나 다름없습니다. 구미호는 옛날 그 힘이 하늘의 뒤엎는다고 하여, 요술에 그 어떤 종족보다 능숙했습니다. 다른 이들의 힘을 취하여 꼬리를 늘려 구미호 일족의 힘을 부활시키십시오.

〈〈영력 10,274/30,000〉〉

어느새 영력이 꽤나 많이 차 있었다. 하지만 아직 오미호가 되기에는 너무도 멀었다.

"응? 미샨포 님, 아직 오미호가 되려면 좀 멀었는데요."

[그럴 리가요? 분명 인벤토리 안에서는 영력의 기운이 충분히 느껴졌었는데. 꺼림칙한 기분도 있었지만, 영력의 보유는 꽤나 되었었거든요.]

미샨포의 말에 드란은 곰곰이 생각을 해 보다가 이내 결과를 유추해 낼 수 있었다.

미샨포가 말하는 영력을 보유하고 있지만 꺼림칙한 기분이 느껴지는 생간. 바로 흑기사의 검은 생간과 키메라즈의 기형 생간이었다.

또 그뿐인가? 유저들의 생간도 이번 리자드맨들과의 전투로 꽤나 챙긴 덕에 55개에 다다르고 있었고, 잡몹들의 생간은 300개가 넘어갔다. 물론, 숲 속에서 얻었던 오우거의 생간도 하나 있고 말이다. 또 덧붙여 말하자면 켄타우로스의 마을에서 얻은 흑마법사 라킬드의 생간, 그리고 사티로스의 마을에서 얻은 흑마법사 카르암의 생간도 합치니, 현재 드란이 가진 생간이 꽤나 되었다.

"이것들을 먹으면 되는구나. 잠시만 기다리세요. 여기서 빠르게 해치우고 갈게요."

인벤토리에서 일반 유저의 생간을 꺼내 입 속으로 넣으려던 때였다. 갑자기 칠미호의 털이 웅웅거리더니 미샨포가 비명에 가까운 소리를 냈다.

[아, 안 돼요! 거기서 드시지 말고 구미호 일족의 마을에 와서 드세요. 사실 우리들의 마을에서 성인식을 치르는 게 제일 큰 효과를 볼 수 있거든요. 영계 생물체들도 풍부하고요.]

"그렇게 말씀하신다면야. 금방 가겠습니다."

대화를 끝마치자 다시 칠미호의 털은 본래의 모습으로 돌아갔고, 인벤토리로 넣어졌다. 그와 함께 드란의 발걸음이 다시 빠르게 움직이기 시작했다.

리자드맨 마을과 구미호 일족이 존재하는 숲 속은 그리 먼 곳에 있지 않았다. 빠르게 달려오니 채 1시간도 지나지 않아서 숲에 도착한 드란은 어느 정도 걷고는 작은 목소리로 소리쳤다.

"어디 보자…… 아마 이거였었지? 작은 여우가 큰 여우의 품으로 찾아갑니다."

최아아악—!

주문을 말한 드란의 앞부분이 기괴하게 꿈틀되며 변화되기 시작했다. 그리고 보이는 여우들의 모습! 바로 자신과 같은 종족인 구미호 일족이 사는 마을이었다.

"우와! 드란이 돌아왔다!"

"뭐? 진짜야? 우리 누나가 돌아온다고 말은 했었지만. 진짜로 돌아올 줄이야!"

제일 먼저 우포와 히포가 드란을 향해 잽싸게 달려들었다.

텁 텁.

짐짝처럼 매달린 우포와 히포를 업고 드란은 오미호들이 안내하는 곳을 향해 걸어갔다. 그리고 보이는 미샤포의 모습!

"아아……."

평소의 기본 복장을 하고 있는 미샤포와 다르게 지금 미샤포는 마치 무녀라도 되는 듯 흰색의 가운을 입고, 얼굴에는 짙게 화장까지 했다.

너무도 아름다운 얼굴에 화장까지 하자 미샤포의 외모는 가히 신도 홀릴 정도로 아름다웠다.

'정신 차리자 드란, 같은 일족한테 홀리면 얼마나 쪽이냐.'

얼굴을 착착 소리 나게 두드리자, 그 소리를 들은 미샨포가 고개를 들어 드란을 바라보았다.

"드란 씨, 지금 도착하셨군요. 기운으로 느낄 수 있었습니다."

"네, 그럼 이제 여기서 생간을 먹으면 되는 건가요?"

"이곳에서 드시는 것보다, 제가 안내하는 봉인된 장소에서 드시는 게 제일 좋을 거예요. 자 이리 오시지요."

미샨포가 천천히 걸음을 옮기며 드란을 이끌었다. 뒤를 보니 몇몇 없는 오미호들과 육미호들, 그리고 잔뜩 있는 일미호부터 사미호, 그리고 우포랑 히포가 드란에게 손을 흔들었다.

"성인식 잘 끝내고 와! 멋있는 모습을 보여 달라고!"

"그래. 그리고 하나 더 말하자면, 난 지금 모습도 멋지다고."

"……."

왠지 말하고도 쪽팔리다. 결국 드란은 앞만 보고 걸었다.

그렇게 천천히 걸어가기를 10여 분. 미샨포가 마침내 멈춰 섰다.

"응? 이곳은 대체……?"

도착한 곳은 한 동굴의 안이었는데. 그곳에는 육망성 같은 마법진이 그려져 있었다.

알 수 없어서 미샨포를 바라보았다. 그런 드란의 시선을 느꼈는지 미샤포가 고개를 들며 말했다.

“바로 이곳. 하포 님의 혼이 깃든 마법진에서 생간을 섭취하시면 됩니다. 사실 이곳에서 생간을 먹어 성인식을 치루는 것은 처음입니다.”

“그게 무슨……?”

“사실 저희들은 생간을 먹지 않고, 세월로 영력을 채워나가 마지막에는 이곳에 서서 기도를 하면 성인식이 끝나고 각성의 힘을 얻어 오미호가 되거든요. 또한 오미호가 되면 영계의 세상에 있는 존재와 딱 한 번, 절대적인 영적 계약을 할 수 있습니다.”

“절대적인 계약이요?”

“보통 영계 소환의 술을 펼치면 나오는 소환수들은 정신체로 소환되어, 보통 생명력이 낮고 조금만 충격을 받아도 역소환이 되기 마련이죠. 하지만 절대적인 영적 계약을 하게 되면, 정신체가 아닌 본체가 이곳에 나타날 수 있을 뿐더러, 그 힘도 엄청나지요. 정신체 일 때는 비교가 힘들 정도니 말이에요. 뭐 설명은 여기까지 하고, 드란 씨. 이제 생간의 섭취를 시작해 봅시다.”

미샤포가 동굴 한쪽 편에 앉으며 말했다. 그리고는 손을 모아 알 수 없는 단어를 주저리주저리 읊기 시작했다.

약간 절과 같은 분위기가 풍기자 드란은 인벤토리에서 빠르게 생간들을 꺼냈다.

"이렇게 놓고 보니 나도 사이코인가 봐. 이 인벤토리 안에다 이 생간들을 잔뜩 넣고 다니다니."

한 상 가득히 꺼내진 생간들을 바라보다가 드란은 눈 질끈 감고 이내 꾸역꾸역 생간들을 집어넣기 시작했다.

으적으적. 으적으적. 우우웁! 으적으적. 으적으적. 우우웁!

씹고 씹고 또 씹고 헛구역질하고 씹고 씹고 또 씹고 헛구역질하고.

이거야 원, 여전히 익숙치 않은 맛이다. 드란은 진심으로 제일 괴로운 고문이 있다면, 이것이라고 당장에 말할 수 있었다.

'이건 지옥 같은 생간 고문이야!'

물론 마음속으로만 외쳤다. 이미 입에는 생간들이 가득히 차 있었고, 입에는 피가 덕지덕지 묻어 있었다. 아마 누가 이 모습을 본다면 괴물 아니면 미친 사이코라고 당장이라도 외칠 정도로 현재 드란의 모습은 심각했다.

고통스러웠지만, 다행이라면 다행일까. 빠르게 생간들을 해치우기 시작하자 영력이 빠른 속도로 올라가기 시작해, 지금은 14,000에 이르렀다.

하지만 그 만큼 생간들의 숫자도 꽤나 줄어들기 시작했다.

그렇게 지옥 같은 시간이 약 20분 정도 흘렀을 때였다.

'끄으으. 더 이상은 못 먹을 거 같아.'

으적으적. 으적으적.

마음속으로 외쳐 대면서도 입으로는 연신 생간을 꾸역꾸역 집어넣어 씹어댔다.

영력을 보니 어느새 20,000을 돌파해, 20,800에 이르고 있었다. 생간들을 보니 잡몹들의 생간은 이미 다 싹쓸이되어 있었고, 제법 크기가 되는 유저들의 생간들도 1/4로 줄어들어 있었다.

이윽고 8분이 더 흐르자 유저들의 생간을 모조리 해치울 수가 있었다.

그리고 찬 영력의 양을 보니 23,500이었다.

"허억, 허억허억. 이건 인간이 할 짓이 아니야."

멍한 얼굴로 입을 쓱쓱 닦으며 드란은 입에서 느껴지는 이상야릇한 피 맛에 머리가 어질어질했다. 빈혈이 아니라 폭혈로 쓰러질 판이다.

"이리리. 아유리. 이무친. 강게현……."

숨을 헐떡이는 드란의 앞에서는 미샨포가 연신 알 수 없는 말을 내뱉고 있었다.

"후우우, 힘내자. 드란! 넌 생간을 좋아해! 생간을 좋아해!"

카르취 때와 마찬가지로 자기최면을 걸어 보지만, 걸릴 턱이 없다. 더구나 이제 남은 생간들은 너무도 생김새가…… 뭐랄까. 이건 좀 '아니올시다' 이다."

우선 흑기사의 검은 생간과 흑마법사였던 라킬드와 카르

암의 생간. 완전 새카만 것이, 누가 보면 타르 덩어리라고 생각할 판이다.

하지만 이것들도 약과에 속했다. 무엇보다 심각한건 키메라즈의 기형 생간! 이건 뭐 먹을 수 있는 건지도 모르겠다. 모양이 일정하지 않고 이리저리 뒤틀려서는 마치 꽈배기와도 같았다. 덧붙여 추가로 말하자면 이 기형 생간 역시 색깔이 무척이나 새까맸다.

"우웨엑! 이건 진짜 안 돼! 흑흑! 어머니, 아버지! 제가 왜 이런 시련을 맞아야 하는 건가요!"

참기 힘든 냄새가 드란을 자극하며, 구역질을 유발했다. 다행이 게임이여서 일명 오바이트라고 불리는 액체는 나오지 않았지만 말이다.

"차라리 내게 오바이트를 먹여! 이건 진짜 아니라고, 아니야!"

울음까지 나올듯한 드란의 리얼한 표정이었다. 하지만 이내 고심하던 드란이 눈을 뒤집어 깠다.

"차라리 보지 말자. 킁킁. 어우, 구려. 냄새도 맡지 말아야겠어. 그럼, 잘 먹겠습니다!"

눈까지 뒤집고 코까지 왼손으로 부여잡은 드란은 오른손을 놀리며 쉴새없이 지옥같은 생간들을 꾸역꾸역 입속에 넣고 믹서기가 재료를 갈듯 이빨을 연신 부딪치며 생간들을 씹기 시작했다. 그와 함께 느껴지는 최악의 맛!

'참아야 하느니라. 참아야 하느니라. 참는 자가 승리할 것이야.'

참을 인을 3개나 새긴 드란이 마침내 입속에 있는 생간을 꿀꺽이는 소리와함께 먹어치웠다.

"드, 드디어! 다 먹었다!"

"이치모……! 드, 드란 씨! 이 기운은 대체!"

주문을 읊던 미샤포가 갑자기 번쩍 일어나며 깜짝 놀란 표정으로 드란을 바라봤다.

그리고 그와 함께 드란에게 들려오는 알림음!

—띠링! 스킬 '오미호의 길'의 조건을 충족시켰습니다. 종족이 사미호에서 오미호로 변화되며, 상태와 스킬이 변화됩니다.

"…… 크, 크아아아아악!"

드란이 비명성을 터트리며 자리에 주저앉자 뒹굴뒹굴 굴렀다. 그리고 이어 들려오는 청천벽력 같은 또 다른 알림음!

—띠링! 스킬 '현신'의 숨겨진 패널티가 발동되었습니다. 현신의 사용 횟수만큼 일정 시간 동안 이성을 잃게 됩니다. 현재 사용하신 현신의 횟수 4번. 당신은 이성을 4년간 잃게 되며, 보든 이들마다 족족 죽이는 괴물이 될 것입

니다.

'그, 그게 무슨!'

드란의 마음속 외침은 이 단어가 마지막이었다. 드란은 갑자기 정신이 핑 하고 사라지는 느낌을 받았다.

그런 드란의 정신과 동시에 드란의 눈이 뒤집어지고, 몸이 부르르 떨리기 시작했다.

부글부글 부글부글.

바닥을 뒹구는 드란의 몸체가 점차 떨리더니 이내 모습이 기괴하게 꿈틀대며 변화되기 시작했다.

"크르르르르."

자동적으로 본신의 여우의 모습으로 변화한 드란이 알 수 없는 기이한 기운을 내뿜으며, 피같이 붉은 눈동자를 이리저리 굴려 주변을 살피더니 미샤포를 발견했다.

그와 함께 드란의 입꼬리가 씨익 올라갔다.

"크르르르, 크르릉!"

"드, 드란 씨?"

갑작스럽게 손톱을 빼 들고 달려드는 드란의 모습에 미샤포가 황급히 손톱을 빼 들어 막았지만, 미샤포 힘으로는 부족한 듯 뒤로 밀려났다. 칠미호인 자신이 오미호한테 밀린다? 아무리 현신을 했다고 하지만 이건 말이 안 된다.

결국 미샤포도 본신으로 실체화하기 위해 두 손을 땅에

댔다.

"현신!"

파아앗!

칠미호의 모습으로 변한 미샤포가 드란에게 달려들었다.

"정신 차려요! 드란 씨! 그대는 오미호예요! 괴물이 아니라고요!"

"크르르르! 크르르릉!"

미샤포가 목이 쉴 것 같은 소리로 외쳐 댔지만 드란은 전혀 들리지 않는 듯 고개를 이리저리 뒤척이며 미샤포를 떨궈 냈다.

"크크크크!"

그리고는 마치 짐승같이 웃으며 넘어진 미샤포의 위로 척하고 올라갔다.

"아, 안 돼!"

"크르르!"

푹푹!

이상한 낌새를 눈치챈 미샤포가 피하려고 했지만, 드란이 손톱으로 미샤포의 몸을 묶었다. 그리고 동시에 벌려지는 드란의 입!

파지지직— 파지지직—

드란의 입에서 노란 불빛이 반짝이며 무엇인가가 번쩍번쩍했다. 그리고 이어지는 엄청난 위력의 번개의 술!

"끄으으으!"

번개의 술에 직격으로 맞은 미샨포가 몸을 덜덜 떨며 감전 마비 상태에 빠졌다. 그런 미샨포를 바라보며 짐승처럼 웃던 드란이 이내 입을 쩍 벌리며 미샨포를 공격하려던 때였다.

파아아앗!

드란의 인벤토리에서 빛이 나더니, 이내 2개의 물체가 공중으로 떠올랐다.

2개의 물체의 정체는 다름 아닌 저주받은 단검 노스텐과 켄타우로스 족장 칸 매그람 한테 받았던 여우 구슬!

이윽고 2개의 물체에서 빛이 뿜어지며 드란이 내뿜고 있는 기이한 기운을 흡수하기 시작했다.

"크아아아악!"

자신의 힘이 빨리는 것을 느낀 이성을 잃은 드란은 고통에 몸부림을 쳐 대기 시작했다.

그런 드란에게 노스텐이 소리쳤다.

[정신 차려! 이 멍청한 녀석아! 감정에 이성을 빼앗기지 마!]

≪나인테일 3권에 계속≫

BBULMEDIA
http://www.bbulmedia.com